思維導圖系列★

閱讀 有 法

提升閱讀重整能力

★
牟懷松　主編

適合
高小至初中學生

思維導圖系列★

閱讀有法

提升閱讀重整能力

★ 牟懷松主編

出版 / 中華教育

香港北角英皇道 499 號北角工業大廈 1 樓 B

電話：(852) 2137 2338 傳真：(852) 2713 8202

電子郵件：info@chunghwabook.com.hk

網址：http://www.chunghwabook.com.hk

發行 / 香港聯合書刊物流有限公司

香港新界大埔汀麗路 36 號 中華商務印刷大廈 3 字樓

電話：(852) 2150 2100 傳真：(852) 2407 3062

電子郵件：info@suplogistics.com.hk

印刷 / 美雅印刷製本有限公司

香港觀塘榮業街 6 號 海濱工業大廈 4 樓 A 室

版次 / 2011 年 2 月第 1 版
　　　2019 年 7 月第 4 次印刷

©2011 2019 中華教育

規格 / 16 開（260mm x 183mm）

ISBN / 978-988-8573-00-4

責任編輯：練嘉茹
裝幀設計：小草
排版：小草
印務：劉漢舉　賴艷萍

前言

理清篇章內容的關係，從篇章某處或多處攝取信息，概括段意，歸納內容及總結主旨，幾乎是所有閱讀理解中必考的題目。也是學生感到難以處理的項目。這類題目涉及閱讀認知能力中的「重整能力」，而這種能力是需要經過不斷訓練的，不能一蹴而就。「重整能力」得到提升，閱讀理解的成績必會大大提高。

學習「思維導圖」，可幫助我們快速理清文章的思路，把握行文的順序及詳略鋪排。

本書共四十個閱讀理解練習，各練習均設「導讀問題」、「思維導圖」、「精選佳句」及「佳作共賞」四部分。

　　　「導讀問題」—— 針對訓練「重整能力」設題；

　　　「思維導圖」—— 整理全文的結構，找出段落之間的關係，分析詳略的鋪排，並掌握文章的中心思想；

　　　「精選佳句」—— 擷取篇章中的佳句，提供語文養分，提升表達的能力；

　　　「佳作共賞」—— 精選名家之作，細細品讀，辨識段落之間所用的寫作手法，加強練習。

只要我們能舉一反三，閱讀重整能力將逐步提升。同學們，由今天開始積極地練習吧！

目錄

使用說明

閱讀有法——提升閱讀重整能力

精選文章

文章內容多樣化
及生活化，適合
高小至初中程度

10.「褲」行記 陳雨生

佳作共賞 📹

寫作手法

1　你知道嗎？用普通話說，有時我很「kù」，但不是「長得酷」的「酷」，而是「褲子」的「褲」。哦！不信，你聽聽吧！

「褲」行一

2　有一天早上我起晚了，老爸送我上學。

3　我揮別老爸，正準備跨進校門口的時候，老爸——一個大男子漢——竟然在我背後大叫起來。我轉過身去，老爸飛快地一把將我拉到邊上，貼着我耳邊輕聲對我說：「兒子，你褲子穿反了！」

寫作手法

分辨文章中的修
辭手法，提升語
文表達能力

4　頓時，我的臉比熟透了的紅柿子還要紅。咳，還不是早上起牀時頭腦發昏、時間緊迫導致的？幸好身旁的同學不多，我立刻奔往洗手間「改正」。

5　你瞧，我是不是「褲」透了？

「褲」行二

6　那天我生日，媽媽硬要帶我去買褲子。我想，又要有新褲子穿了，何樂而不為呢？

7　來到市場，媽媽看中了一條褲子，雖然覺得稍大，但仍要我去試，我只好服從。剛扣好鈕扣，「意外」竟然發生了！「嘩」一聲，褲子竟然脫離了我的身體！

8　我不知所措地愣在原地，媽媽和老闆娘都哈哈大笑

起來！原來是扣眼太大，褲子料子太滑造成的。你可以想像我這個「小男子漢」當時多難為情啊！

9　　你說，你說我「褲」嗎？

「褲」行三

10　　一個星期天，我在家做作業的時候，忽然想上廁所。人有三急嘛！我匆匆忙忙地趕到廁所，趕緊拉開拉鏈準備解決問題，可是人越急，拉鏈越拉不開。我使勁地拉啊拉，就是拉不開，急得我直跺腳、憋得我直想哭。我大叫着跑回去找爸爸。爸爸看使勁拉也拉不下去，確定是拉鏈「罷工」了！緊急之中，還是爸爸有主意，拿來剪刀沿着拉鏈旁的布料一剪——行了！爸爸算是「救」了我一回！

11　　你看看，我「褲」呆了吧！

12　　哎，在我們成長的過程中，有些「褲」也實在是很無奈啊！

生動插圖

附上切合主題的插圖，增加閱讀趣味

使用說明

閱讀有法──提升閱讀重整能力

導讀問題

針對訓練「重整
能力」設題，提
升整合、歸納及
組織能力

精選佳句

摘錄文章中的佳
句，牢記、模仿，
必可提升寫作水
平

導讀問題

(1) 第 4 段作者說：「我的臉比熟透了的紅柿子還要紅。」他當時的心情是怎
樣的？

_____

(2) 作者在文章中加插一些問句，如「你知道嗎？」「你瞧，我是不是『褲』
透了？」「你說，你說我『褲』嗎？」等，有何目的？

_____

_____

(3) 文中記述那三件與褲子有關的事件，有何共同點？

_____

精選佳句

> 1 頓時，我的臉比熟透了的紅柿子還要紅。
>
> 2 我不知所措地愣在原地⋯⋯
>
> 3 我使勁地拉啊拉，就是拉不開，急得我直跺腳、憋得我直想哭。

思維導圖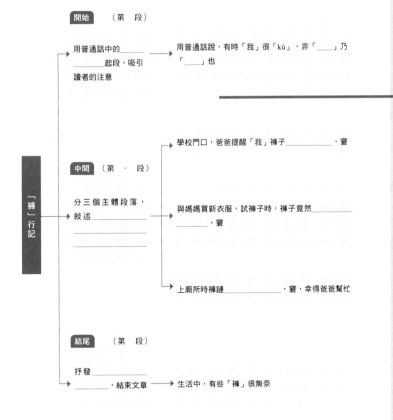

現在，齊來整理文章的結構！

開始 （第　段）

用普通話中的_____ _____起段，吸引讀者的注意 ⟶ 用普通話說，有時「我」很「kù」，非「____」乃「____」也

中間 （第　- 　段）

分三個主體段落，敘述_____ _____ _____

⟶ 學校門口，爸爸提醒「我」褲子_____，窘

⟶ 與媽媽買新衣服，試褲子時，褲子竟然_____，窘

⟶ 上廁所時褲鏈_____，窘，幸得爸爸幫忙

結尾 （第　段）

抒發_____ _____，結束文章 ⟶ 生活中，有些「褲」很無奈

「褲」行記

思維導圖

整理文章的結構、段落關係及詳略鋪排，大大提升掌握文章重點及思路的能力

43

1. 我的路　趙嘉豪

佳作共賞 🎬

寫作手法

1　　我的路不在平平寬寬的行人道上，我的路不在陰涼的屋簷下，我的路不在汽車穿梭的大馬路上，我的路也不在一級一級的樓梯上。

2　　我的路在坑坑窪窪的水潭裏，腳一踩，水花四濺，就像一朵朵美麗的白花綻放着。瞧，我的身上、臉上全是水，快像一隻大花貓了！水花卻還在頑皮地說：「再來一下，再來一下！」

3　　我的路在鬆軟軟的草地上。草地踏上去軟軟的，好像踏在綠色的地毯上，一瞬間自己又好像進入了綠色的仙境一般，心情舒暢。

4　　我的路在黏黏的泥土間。小腳踏上去，發出「咯吱咯吱」的聲音。當我回過頭去一看，呀！泥地上印滿了我的腳印，一串串的，像我畫的腳印畫，可有趣了！

5　　我的路在窄窄陡陡的扶梯上。我坐在扶梯上，閉上眼睛，腳一蹬，「咻溜」一聲滑下去。風在耳邊「呼呼」作響，我像坐在滑梯上，又如坐在一架小飛機上飛翔。我真的飛進了快樂的世界！

6　　親愛的爸爸媽媽，你們不要擔心我，我一定會注意安全。要是你們也願意在我的路上走走，你們一定會聽見我的路在唱歌！那像百靈鳥的叫聲一樣動聽；像晨風一樣輕快的歌兒，比姐姐拉的琴聲還要優美，比哥哥的讀書聲

還要動情！聽着它向前走，路就是再長，也不會覺得累。

7　　我喜歡走自己的路！

導讀問題 💬

(1)　首段指出一般人對「路」有甚麼看法？

_____

_____

(2)　作者喜歡走的路與一般人相同嗎？有哪些分別？

_____

_____

(3)　為甚麼作者喜歡走在這些路上？你也喜歡嗎？

_____

_____

精選佳句 ☑

1　水花四濺，就像一朵朵美麗的白花綻放着。

2　踏在綠色的地毯上，一瞬間自己又好像進入了綠色的仙境一般，心情舒暢。

3　坐在扶梯上，閉上眼睛，腳一蹬，「哧溜」一聲滑下去。

思維導圖

現在，齊來整理文章的結構！

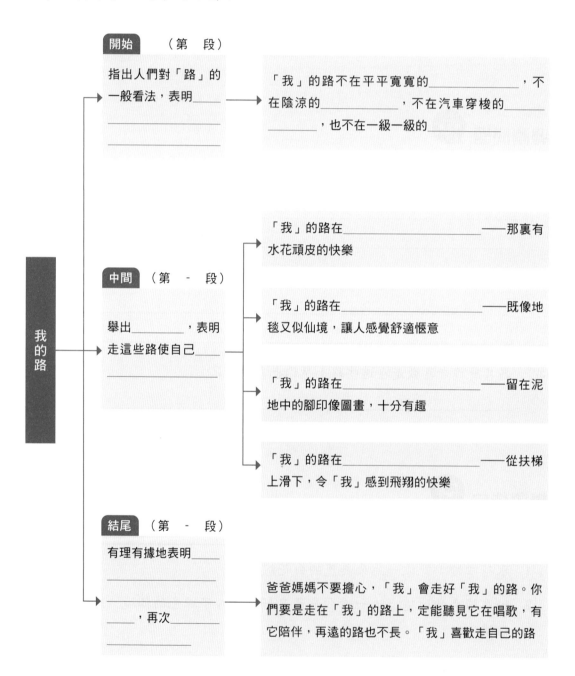

我的路

開始 （第 段）

指出人們對「路」的一般看法，表明＿＿＿＿＿＿＿＿＿＿＿＿

「我」的路不在平平寬寬的＿＿＿＿＿＿＿＿＿＿，不在陰涼的＿＿＿＿＿＿，不在汽車穿梭的＿＿＿＿＿＿＿，也不在一級一級的＿＿＿＿＿＿＿＿

中間 （第 - 段）

舉出＿＿＿＿＿＿，表明走這些路使自己＿＿＿＿＿＿＿＿＿＿＿

「我」的路在＿＿＿＿＿＿＿＿＿＿——那裏有水花頑皮的快樂

「我」的路在＿＿＿＿＿＿＿＿＿＿——既像地毯又似仙境，讓人感覺舒適愜意

「我」的路在＿＿＿＿＿＿＿＿＿＿——留在泥地中的腳印像圖畫，十分有趣

「我」的路在＿＿＿＿＿＿＿＿＿＿——從扶梯上滑下，令「我」感到飛翔的快樂

結尾 （第 - 段）

有理有據地表明＿＿＿＿＿＿＿＿＿＿＿＿＿＿＿＿＿，再次＿＿＿＿＿＿＿＿＿＿

爸爸媽媽不要擔心，「我」會走好「我」的路。你們要是走在「我」的路上，定能聽見它在唱歌，有它陪伴，再遠的路也不長。「我」喜歡走自己的路

2. 我真了不起　沈逸舟

佳作共賞

1　　有一個身高一米三九的小姑娘，紮着一個馬尾辮。她看起來很平常，鋼琴只考了兩級，學習成績也時高時低，還沒有當選上班長。但是她很有藝術天賦，能跟着音樂自編自舞，還具有豐富的想像力，任何簡單或複雜的東西到了她手裏都會被點綴和設計得熠熠生輝，光彩奪目。

2　　一次，小姑娘閒着沒事，打開收音機，喇叭裏面傳出了悠揚的音樂聲。小姑娘彷彿看到了廣闊無垠的大草原，便情不自禁地舞動起四肢：轉圈、舒展身體是抒情，時快時慢是心情變化。她用肢體語言表達出音樂的悲歡喜樂……大家看後都讚不絕口。

3　　還有一次，小姑娘正在家裏玩玩具，突然發現自家的花盆裏，只剩乾枯的樹幹和幾片乾透了的葉子。她便想：自己家裏並不很漂亮，再加上這麼一盆不起眼的花，不是更讓人覺得沒精打采嗎？但扔掉太可惜，還不如自己動手把它弄得漂亮些。於是，她拿來剪刀、膠水、包裝紙、閃光紙、閃光筆、絲帶，準備打扮一下這盆花。

4　　小姑娘先把花盆洗乾淨，然後把花盆裏的枝幹扶正，插進被她澆濕的泥土裏，再用閃光筆在包裝紙上寫上幾個大字，然後用膠水把它黏在花盆上。接着，她用閃光筆在閃光紙上畫了一朵花，再把紙剪個洞，把絲帶穿進洞裏，再將這朵紙花用絲帶串聯在修理好的樹幹上打個結。

這樣，她的傑作就完成了——閃光的紙花、挺拔的樹幹、華麗的花盆。

5　　怎麼樣，你們喜歡這個小姑娘嗎？想知道她是誰嗎？告訴你吧，其實她就是我自己——沈逸舟。

導讀問題 💬

⑴　小姑娘有甚麼了不起的地方？

_____

⑵　第 2-4 段的內容與首段有甚麼關係？

_____

⑶　文章中從外貌、動作及心理三方面刻畫人物的個性，你能各舉一例嗎？

外貌描寫：_____

動作描寫：_____

心理描寫：_____

_____

⑷　第四段為何詳寫小姑娘動手美化花盆的過程？

_____

精選佳句 ☑

1　到了她手裏都會被點綴和設計得熠熠生輝，光彩奪目。

2　小姑娘彷彿看到了廣闊無垠的大草原，便情不自禁地舞動起四肢。

思維導圖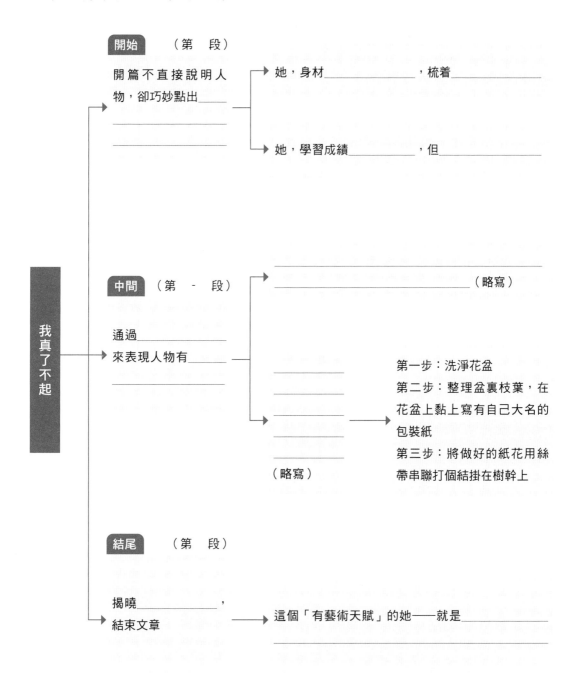

現在，齊來整理文章的結構！

我真了不起

開始 （第　　段）

開篇不直接說明人物，卻巧妙點出＿＿＿＿＿
＿＿＿＿＿＿＿＿＿＿
＿＿＿＿＿＿＿＿＿＿

→ 她，身材＿＿＿＿＿＿，梳着＿＿＿＿＿＿

→ 她，學習成績＿＿＿＿＿，但＿＿＿＿＿＿

中間 （第　-　段）

通過＿＿＿＿＿＿＿
來表現人物有＿＿＿＿
＿＿＿＿＿＿＿＿＿＿

→ ＿＿＿＿＿＿＿＿＿＿＿＿＿＿
＿＿＿＿＿＿＿＿＿＿＿（略寫）

→ ＿＿＿＿＿
＿＿＿＿＿
＿＿＿＿＿
＿＿＿＿＿
＿＿＿＿＿
（略寫）

→ 第一步：洗淨花盆
第二步：整理盆裏枝葉，在花盆上黏上寫有自己大名的包裝紙
第三步：將做好的紙花用絲帶串聯打個結掛在樹幹上

結尾 （第　　段）

揭曉＿＿＿＿＿＿，
結束文章

→ 這個「有藝術天賦」的她——就是＿＿＿＿＿＿
＿＿＿＿＿＿＿＿＿＿＿＿＿＿＿＿＿＿＿

3. 媽媽，我是你的績優股 楊天宸

佳作共賞 🎦

1　　平時「安分守己」的媽媽最近居然也抵不住「股誘」，加入到了炒股行列。說來也巧，自從媽媽買了一隻跟我的名字一模一樣的「天宸股份」股票後，我的生活就發生了不少變化。媽媽說它是沾了我的靈氣呢！

2　　平時，我在校的表現、考試成績的好壞似乎都與那隻股票息息相關。我受到老師的表揚，它就上升；我考試成績下降，它就下跌……

3　　一次，我收到一個意外的驚喜——我中文考了全班第二名。當我回到家剛要喊「我考了第二名」時，老媽先衝過來擁抱了我一下，說：「天宸，今天我的股票『漲停』了！」「啊？」我簡直不敢相信自己的耳朵，尖叫道：「真的嗎？我中文考了第二呢，真是雙喜臨門呀！」

4　　還有一次，我數學測驗被扣了四十分，剛回到家就見老媽臉上陰雲密佈。「天宸，你今天考試是不是考砸了？」「媽，你怎麼知道的？我數學測驗六十分。」「原來如此，怪不得我的股票『跌停』了。」

5　　這樣的事經歷了幾次後，老媽得出「權威」結論：股隨我動，我漲它也漲，我跌它也跌。

6　　媽媽，其實我想對你說，我不僅是你股票的風向標，更是你永遠的績優股。老媽，請你相信我這隻潛力無窮的績優股吧，我一定不會讓你失望！我一定會「直掛雲帆濟滄海」呢！

導讀問題

(1) 為何作者媽媽會買下「天宸股份」的股票？

_____

_____

(2) 第 3-4 段舉出實例，主要說明甚麼？

_____

_____

(3) 績優股是指業績優良公司的股票。作者在末段說自己是「媽媽的績優股」，有何含意？

_____

_____

精選佳句

1 剛回到家就見老媽臉上陰雲密佈。

2 我不僅是你股票的風向標，更是你永遠的績優股。

3 請你相信我這隻潛力無窮的績優股。

思維導圖

現在，齊來整理文章的結構！

開始 （第　　段）

開　篇_____

_____，

引出下文

媽媽買了與「我」名字相同的股票，「我」的生活有了新變化

中間 （第　-　段）

列舉_____，

展現「我」與股票的

_____

「我」中文考了第二名，股票_____

「我」數學沒考好，股票_____

老媽得出「權威」結論：_____

媽媽，我是你的績優股

結尾 （第　　段）

抒發感想，表明為

媽媽_____

_____

「我」要做一隻媽媽的「績優股」

4. 我的家庭小處方　朱傑

佳作共賞

1　　我家共有三個人，每個人都有症狀不同的「疾病」。為了給大家治病，現在將我的家庭小處方整理如下：

2　　處方1號

患者：媽媽

病症名稱：便宜症

具體病歷：媽媽經常去逛街，看到一些打折扣的商品，腳步就挪不動了，眼睛死死地盯住那些東西不放，不管需要不需要全部買回家。大至家用電器，小至油、鹽、醬、醋，只要一看到便宜的東西，媽媽就「犯病」。只要聽人說哪家超市有打折扣的消息，她就急忙把手裏的東西交給我，自己直「殺」過去。回來時，不是滿滿一手提袋，就是整箱東西都裝回來。很多東西也不知道甚麼時候用得上。唉！

建議治療方案：便宜無好貨！不要亂買，真正有需要才買。

患者意見：言過其實了吧？

3　　處方2號

患者：爸爸

病症名稱：電視症

具體病歷：自從我家買了66英寸的液晶電視機，

爸爸就像塊吸鐵石似的，被電視吸住，從早到晚盯在電視機旁。本來爸爸的眼睛已經夠大的了，現在把眼珠瞪得跟銅鈴似的，簡直就是一雙「牛眼」。每天吃飯時，爸爸夾點菜放在碗裏後，撒腿就朝客廳跑，打開電視盡情地看。有時候一看就是一整天，從上午一直看到凌晨一時多。這個月的電費又攀高了。唉！

建議治療方案：要再不合理控制時間，就把電視賣掉。

患者意見：把電視賣了還可以再買。

4　　處方3號

患者：我

病症名稱：饞嘴症

具體病歷：我的毛病就是嘴饞，媽媽買的牛奶、米粉、蛋糕是給全家吃的，我呢，經常會抱在懷中「獨自享用」。廣告上出現任何新玩意兒，我都會試試。一看到超市裏誘人的食物，我連眼珠子都快瞪出來了，忍不住要去買。最近天氣熱，我幾乎天天吃一根冰棒。現在我的體重已達五十公斤了。唉！

建議治療方案：除了吃飽飯以外，吃點水果、喝點果汁就可以了，節制飲食還可省錢。

患者意見：我同意！我會改的。

5　　方子開好了，各位「患者」可要積極地治療啊！

導讀問題 💬

(1) 作者是醫生嗎？他為甚麼要開處方？

_____

_____

(2) 作者媽媽的「病情」嚴重嗎？何以見得？

_____

_____

(3) 作者爸爸的「病情」又如何？除了把電視賣掉，你認為還有哪些改善方法？

_____

_____

精選佳句 ☑

> 1　看到一些打折扣的商品，腳步就挪不動了，眼睛死死地盯住那些東西不放，不管需要不需要全部買回家。
>
> 2　把眼珠瞪得跟銅鈴似的，簡直就是一雙「牛眼」。
>
> 3　一看到超市裏誘人的食物，我連眼珠子都快瞪出來了，忍不住要去買。

思維導圖

現在，齊來整理文章的結構！

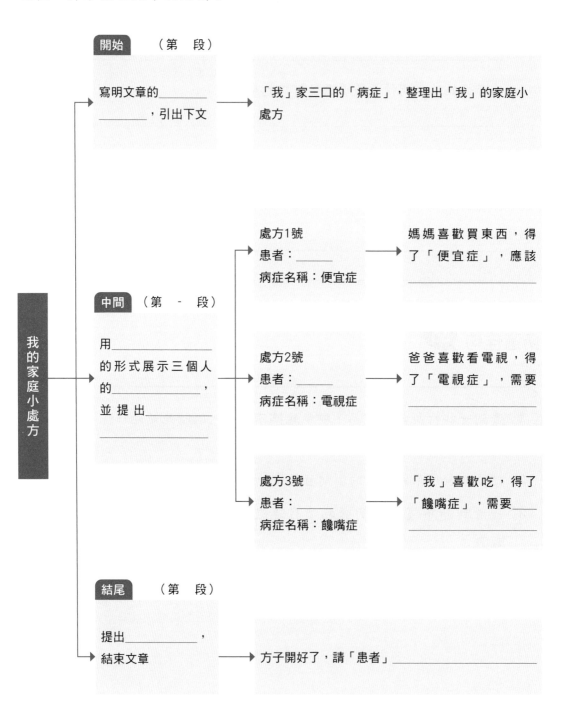

開始 （第　　段）

寫明文章的＿＿＿＿＿＿＿
＿＿＿＿＿＿＿，引出下文

→ 「我」家三口的「病症」，整理出「我」的家庭小處方

中間 （第　－　段）

用＿＿＿＿＿＿＿＿＿＿
的形式展示三個人
的＿＿＿＿＿＿＿＿＿，
並提出＿＿＿＿＿＿＿

處方1號
患者：＿＿＿＿＿＿
病症名稱：便宜症

→ 媽媽喜歡買東西，得了「便宜症」，應該＿＿＿＿＿＿＿＿＿＿＿＿

處方2號
患者：＿＿＿＿＿＿
病症名稱：電視症

→ 爸爸喜歡看電視，得了「電視症」，需要＿＿＿＿＿＿＿＿＿＿＿＿

處方3號
患者：＿＿＿＿＿＿
病症名稱：饞嘴症

→ 「我」喜歡吃，得了「饞嘴症」，需要＿＿＿＿＿＿＿＿＿＿＿＿

我的家庭小處方

結尾 （第　　段）

提出＿＿＿＿＿＿＿＿，
結束文章

→ 方子開好了，請「患者」＿＿＿＿＿＿＿＿＿＿＿＿＿

5. 武林俠女　查楚晗

佳作共賞

1　　查靜嫻是我妹妹的大名，可是她渾身上下沒一個細胞願意做「嫻靜」的淑女，大家都叫她「假小子」，我給她另取了個名字——「武林俠女」。為甚麼呢？

2　　就說今年春節的一天吧。我正在看電視，無意中調到了一個動畫節目。一聽到熟悉的聲音，妹妹從別處直奔過來，站在電視機前不許我再調了。她看着看着，就興奮起來了，順手拿起牆角那根又細又長的「衝天炮」，耍弄起來，並大叫：「我要變身！」接着，逼到我面前，兩眼瞪得圓溜溜的，高喊着：「來吧，怪獸，我不怕你！」不用說，英雄是她，而我呢，不管願不願意，只有當「怪獸」的份。容不得我爭辯，「衝天炮」已經毫不留情地向我劈來。哎喲，我的天呀！雖說我閃得不慢，可還是被擊中了小腿。「噢，我勝利了，我打敗怪獸了！」她揮舞着「衝天炮」又跳又叫。在她的歡呼聲中，我只好倒地「壯烈犧牲」。不然，她要再戰幾個回合，我恐怕真的會和那些「怪獸」一個下場！

3　　還有一次，電視上正播放《西遊記》中「孫悟空三打白骨精」那一集。妹妹又來勁了，舞起掃帚，衝我一揮，厲聲喝道：「大膽白骨精，看老孫來了！」嘻嘻，這次我早有防備，躲過了這一棒。不過，識時務者為俊傑，我還是毫不猶豫地「死掉」了。誰知，妹妹不樂意了，不許我「死」得這麼快，非把我拉起來和她對打不可。我只好硬着頭皮應戰。你要問結果如何？嗨，那還用說？反正所有

的「英雄」角色都是妹妹的，而所有的故事結局都一樣——「英雄」打死了「壞蛋」！

4　　不過，妹妹還是比較喜歡「武林俠女」這個稱號，如果你有機會到我家做客，不妨和這位「武林俠女」較量較量！

導讀問題

⑴　作者為甚麼為妹妹另取名字？

_____

_____

⑵　在第 2 段，作者運用哪些方法來突出妹妹愛動的性格？

_____

_____

⑶　作者詳寫妹妹看動畫片及《西遊記》後的表現，有何目的？

_____

_____

精選佳句

1　妹妹又來勁了，舞起掃帚，衝我一揮，厲聲喝道：「大膽白骨精，看老孫來了！」

2　我只好硬着頭皮應戰。你要問結果如何？嗨，那還用說？

思維導圖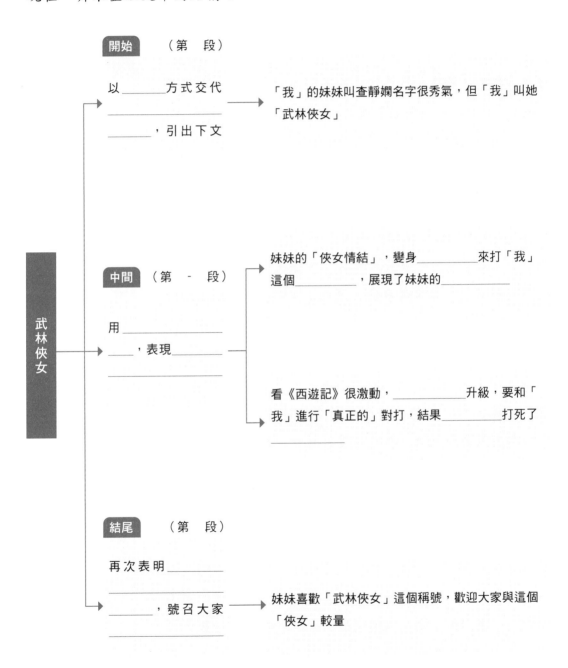

現在，齊來整理文章的結構！

開始 （第　　段）

以＿＿＿＿方式交代
＿＿＿＿＿＿＿＿＿＿
＿＿＿＿，引出下文 → 「我」的妹妹叫查靜嫻名字很秀氣，但「我」叫她「武林俠女」

武林俠女

中間 （第　-　段）

用＿＿＿＿＿＿＿＿
＿＿＿，表現＿＿＿＿
＿＿＿＿＿＿＿＿＿＿
→ 妹妹的「俠女情結」，變身＿＿＿＿＿來打「我」這個＿＿＿＿＿，展現了妹妹的＿＿＿＿＿

→ 看《西遊記》很激動，＿＿＿＿＿升級，要和「我」進行「真正的」對打，結果＿＿＿＿＿打死了＿＿＿＿＿

結尾 （第　　段）

再次表明＿＿＿＿＿
＿＿＿＿＿＿＿＿＿＿
＿＿＿＿，號召大家 → 妹妹喜歡「武林俠女」這個稱號，歡迎大家與這個「俠女」較量

6. 我們班的「聊齋」 沈潔心

佳作共賞

寫作手法

1　　我們班有一個女生組織，名字叫「聊齋」。你別誤會，我們的「聊齋」可不像蒲松齡那樣談鬼說夢，我們的「聊齋」是按照字面意思來理解的。「聊」是說話的意思，「齋」是某個地方，所以，「聊齋」就是說話的地方。

2　　我們「聊齋」中最受歡迎的話題是動畫片。聽起來似乎有點幼稚，不過，我們看的不是幼兒園小朋友看的動畫片，而是從外國引進的動漫大片。只要是你說得出來的，我們無不看過的，如家喻戶曉的《哆啦A夢》、《櫻桃小丸子》等有關小學生故事的，還有初高中生喜歡的《網球王子》、《名偵探柯南》、《少年偵探》等。大部分同學都深愛其中幾部，而我們是每一部都愛看。我們談起動畫片來可謂是「黃河決堤，滔滔不絕」。你說你的觀點，我談我的看法。在「你說我談」中，大家交流消息、分享心得，對動畫片的理解也進一步加深了。當然，這也大大促進了我們之間的感情。

3　　另外，我們還喜歡聊些時尚話題，例如數碼產品。雖然我們不常用這些東西，但還是對此津津樂道。我們經常交流將來想買哪個牌子的數碼產品。手機是大人們必備的「武器」，我們也會變成大人的嘛，先選好手機的牌子再說。「愛以信」是明欣的選擇。她說這牌子有一款大屏幕的手機性能挺不錯，外形也很美觀。我喜歡「松山」第五代深藍色的那款，因為它屏幕大，可以旋轉，還可以當電視看。不過我不想有太多人認識這個牌子，不然怎麼顯

出我的個性呢？「聊齋」成員還有點小氣。哈哈！

4　　其實，「聊齋」也不只是這樣隨便說說話的「聊齋」，有時還說些女孩子的小祕密呢！

5　　我們的「聊齋」裏充滿了快樂，我愛我們班的「聊齋」！

導讀問題

(1)　首段為何提及蒲松齡的「聊齋」？

_____

_____

(2)　作者自組的「聊齋」有何特色？

_____

_____

(3)　作者把與同學之間閒聊的地方定名為「聊齋」，你認為這個做法好嗎？為甚麼？

_____

_____

精選佳句

1　我們談起動畫片來可謂是「黃河決堤，滔滔不絕」。

思維導圖

現在，齊來整理文章的結構！

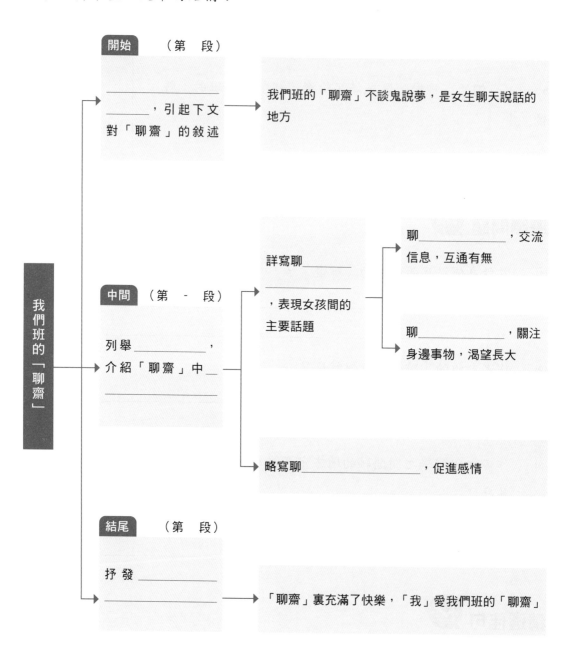

開始　（第　　段）

＿＿＿＿＿＿＿＿＿＿＿ ，引起下文對「聊齋」的敍述

我們班的「聊齋」不談鬼說夢，是女生聊天說話的地方

我們班的「聊齋」

中間　（第　-　段）

列舉＿＿＿＿＿＿＿，介紹「聊齋」中＿＿＿＿＿＿＿＿＿＿

詳寫聊＿＿＿＿＿＿＿＿＿＿＿＿＿ ，表現女孩間的主要話題

聊＿＿＿＿＿＿＿ ，交流信息，互通有無

聊＿＿＿＿＿＿＿ ，關注身邊事物，渴望長大

略寫聊＿＿＿＿＿＿＿＿＿ ，促進感情

結尾　（第　　段）

抒發＿＿＿＿＿＿＿＿＿＿＿＿＿＿

「聊齋」裏充滿了快樂，「我」愛我們班的「聊齋」

7. 父母深沉的愛　皓鈺

佳作共賞

1　　父愛是巋然不動的大山，爸爸不善表達，把愛藏在心裏；母愛則是美麗的桃樹，媽媽善於表達自己的愛和情緒，把愛滲透出來，讓人很明白。對子女而言，這兩種愛缺一不可，但是我們有時還是不能理解父母的愛——

2　　有一次，我和爸爸因為一個茶杯而吵嘴。原因是我不小心把爺爺留下來的茶杯打碎了。當時爺爺已經去世很久了，我不知道我那時的舉動已觸痛了爸爸心中那個脆弱的角落。正當我們吵得不可開交時，我甩出一句話：「不就是個破茶杯嗎？至於那麼生氣嗎？」聽了這話，爸爸立刻舉起巴掌，卻又很快放了下去，我被嚇得哇哇大哭起來。身在廚房的媽媽立刻放下手上的活，急忙跑來看我。我當時很傷心，便推開媽媽的手說：「拿開，別理我！」媽媽那時顯得那麼傷心，那麼憂傷。爸爸氣得默默地坐在沙發上……

3　　半夜起牀時，我無意識間聽到爸爸媽媽在房間中的談話。爸爸說：「我不是真想打她。可我們對她太嬌慣了，她做錯了事還不道歉！」我本想立即進去反駁的，可轉念細想，我確實有做錯的地方。媽媽接着說：「哎！我們真的太嬌慣她了。早知今日，何必當初呀！」聽了這句話，我才真正意識到自己確實很任性，心裏有了愧疚之感。

4　　第二天，我顯得很乖，一會兒幫幫爸爸，一會兒幫幫媽媽。爸爸媽媽都用詫異的目光看着我，我只是報以微

微一笑。經過這件事，我重新認識了父母的愛，而接下來發生的事讓我真正地理解了父母的愛──

5　　那是一個晴朗的星期天，我的心情非常好，因為那天是我的生日。清早起牀，我洗漱完畢，爸爸神祕地遞給我一個盒子，我打開一看，原來是我最想要的一個水晶娃娃。我高興地說：「哇！真漂亮，謝謝您。」但與此同時，我的心似乎被一根刺扎了一下，有些刺痛。想想我平時的任性、自私；想起父母的付出；再想起今天，我的心怎能不痛？緊接着媽媽又遞給了我一張賀卡，上面寫着：祝女兒越長越高，學習越來越棒⋯⋯我似乎在那一刻明白了父母的良苦用心。這雖然只是小小的一張紙，但卻飽含着父母深沉的愛⋯⋯

6　　不，是我理解了爸爸媽媽對我的關懷與付出。

7　　啊！爸爸媽媽為我付出了那麼多，我卻表現得那麼任性。此時我在這裏真心地說一聲：「謝謝爸爸媽媽！」

導讀問題 💬

(1) 由第 1 段至第 4 段作者對父母的愛產生了甚麼變化？

_____

_____

(2) 為甚麼作者會出現以上的轉變？

_____

_____

(3) 作者在第 3 及第 7 段兩次提及自己很任性，文章中有沒有例子可證明呢？

_____

_____

精選佳句 ☑

> 1　父愛是巋然不動的大山，爸爸不善表達，把愛藏在心裏。
>
> 2　母愛則是美麗的桃樹，媽媽善於表達自己的愛和情緒，把愛滲透出來，讓人很明白。
>
> 3　我的心似乎被一根刺扎了一下，有些刺痛。

思維導圖

現在，齊來整理文章的結構！

8. 與颱風戰鬥　陸元圓

佳作共賞

1　這幾天，颱風「心血來潮」，夾着暴風雨跑來了。

2　今天晚上，狂風「呼──呼──」地咆哮着，猶如千萬頭獅子在吼叫。這聲音驚天動地，震耳欲聾，撕破了原本平靜的夜空。透過窗戶向外看，平日威風凜凜、堅強挺立的大樹今天竟成了颱風的「手下敗將」，一棵棵東倒西歪、橫七豎八地倒在地上。你看那棵大樹，竟倒在路中央，好像在對人們說：「想過此路，留下買路錢！」還有這棵被颱風吹得「骨折」的小樹更令人同情，唉，「小小年紀」就「命喪黃泉」了！

3　我坐在牀上，心裏忐忑不安，生怕「天會塌下來」。我睏極了，眼皮上像掛了兩塊磚頭似的，真想呼呼大睡一覺。我又強迫自己不能睡，因為颱風即將「光臨」，我要保持清醒的頭腦。

4　突然，「哐啷」一聲，颱風把被雨點打得濕漉漉的窗玻璃吹掉了一大半。頓時，豆大的雨點像趕集似的從窗外「蹦蹦跳跳」地跑了進來，「無情」地在我的牀上「落地紮營」了。這下可好，我的房間頃刻間成了名副其實的「水簾洞」！再看看我那滿腹經綸的好朋友──書本，竟然成了「遊船」；還有報紙，一張張、一疊疊，都被風吹落在水面上，像是鋪了一層薄薄的花地板；筆筒也怪可憐的，竟然飄到了牀底下，一支支筆也散落一地⋯⋯

5　　　我怎麼能甘心讓我的房間受「欺負」呢？於是我勇敢地向颱風發出了挑戰。我立即找來塑料袋，先扯成兩半，再把它送上「戰場」——準備黏在窗戶上。可颱風偏偏越刮越猛，好像非要拼個魚死網破不可。雨點「啪嗒啪嗒」地打在我的臉上和身上，只一會兒，我就像剛洗過澡似的了。我頂着風、冒着雨，終於把塑料袋黏在了破窗戶上。我鬆了一口氣，打了個寒顫，沾沾自喜道：「哼！敢跟我作對，你這是不自量力！」

6　　　可好景不長，可惡的颱風就像一定要和我作對似的，硬生生地把盡心盡職的塑料袋給「炒魷魚」了。我氣極了，不管三七二十一，拿起被單就往窗戶缺口上塞。這下好了，窗戶終於被裹得嚴嚴實實，連「喘氣」的聲音也沒了。颱風雖然被我制伏了，但「英勇無畏」的「被單大將軍」卻在戰場上光榮犧牲了。

7　　　一會兒，颱風可能也是累了吧，漸漸地、漸漸地小了起來，四周又恢復了平靜。我鬆了一口氣，一頭栽倒在牀上……

導讀問題 💬

(1) 颱風的威力如何？何以見得？

_____

_____

(2) 作者在第 6 段說颱風被他制伏了。颱風威力那麼強大，作者何以制伏它？

_____

_____

(3) 你認為以「與颱風戰鬥」為題好嗎？文章可以用其他標題嗎？試舉出例子。

_____

_____

精選佳句 ☑

1 狂風「呼——呼——」地咆哮着，猶如千萬頭獅子在吼叫。

2 平日威風凜凜、堅強挺立的大樹今天竟成了颱風的「手下敗將」，一棵棵東倒西歪、橫七豎八地倒在地上。

3 我睏極了，眼皮上像掛了兩塊磚頭似的，真想呼呼大睡一覺。

思維導圖

現在，齊來整理文章的結構！

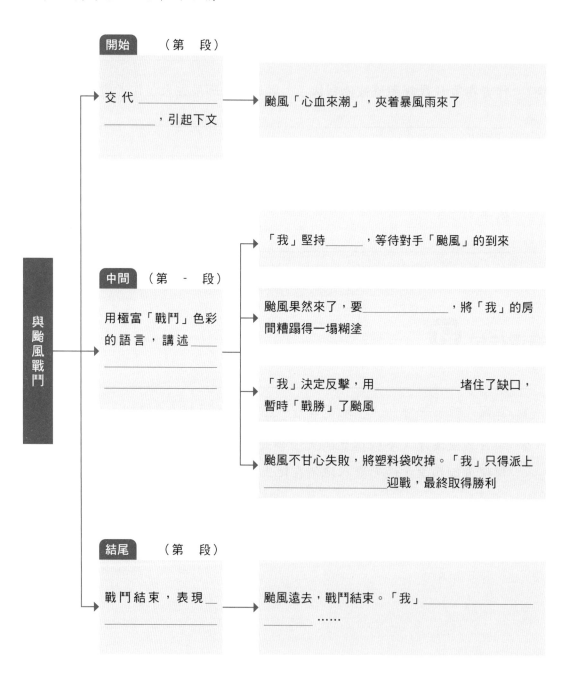

開始 （第　段）

交代 ＿＿＿＿＿＿＿
＿＿＿＿＿，引起下文

→ 颱風「心血來潮」，夾着暴風雨來了

中間 （第　－　段）

用極富「戰鬥」色彩
的語言，講述＿＿＿
＿＿＿＿＿＿＿＿＿
＿＿＿＿＿＿＿＿＿

→ 「我」堅持＿＿＿＿，等待對手「颱風」的到來

→ 颱風果然來了，要＿＿＿＿＿＿＿，將「我」的房間糟蹋得一塌糊塗

→ 「我」決定反擊，用＿＿＿＿＿＿堵住了缺口，暫時「戰勝」了颱風

→ 颱風不甘心失敗，將塑料袋吹掉。「我」只得派上＿＿＿＿＿＿＿＿＿＿迎戰，最終取得勝利

結尾 （第　段）

戰鬥結束，表現＿＿
＿＿＿＿＿＿＿＿＿

→ 颱風遠去，戰鬥結束。「我」＿＿＿＿＿＿＿＿＿＿＿＿……

與颱風戰鬥

9. 我的「戰痘」經歷 佚名

佳作共賞

1　　到今天為止，我們家的「戰痘」戰役終於結束了。這場戰役整整進行了半個月。

2　　考試前的一個星期，我身上長了幾顆小痘痘。我指給媽媽看，媽媽尖叫一聲：「是水痘！」「戰痘」戰役就這樣開始了。

3　　在「戰痘」打響之前，媽媽告訴了我事態的嚴重性，一再叮囑我：只能吃白粥；任何有色素的東西都不能吃；痘痘癢了不能用手抓，以免以後留下疤痕。每天晚上媽媽都幫我塗藥水，為了不弄破痘痘，媽媽每次都小心翼翼地塗。塗完痘痘後的我，像一個渾身佈滿疤痕的「石灰人」。

4　　爸爸聽說有一種叫「木豆」的植物可以很快治好水痘，於是他不辭勞苦，天天為我買這種「仙藥」回來，然後把藥放進鍋裏熬煮成一盆水，讓我在水中泡。我泡藥水時非常難受。藥水很熱，洗手間空間小，空氣更熱，我一泡就是一個小時。為了讓痘痘能夠更好地吸收藥性，爸爸忍着洗手間悶熱的空氣為我淋澆痘痘。長痘痘的地方碰到藥水一陣陣刺痛，黃黃的藥水滲進皮膚裏。皮膚變得有些暗黃，弄得我成了一個「非洲人」。到學校參加期末考那天，我一走進教室，同學們就笑開了，說我是「土人」。因為我全身沾滿了黃藥水，好像沾滿了泥巴，確實很「土」。

5　　因為痘痘的傳染性非常強，我不能出外和朋友玩。

身上刺痛、心煩亂，我經常忍不住抓痘痘。由於我的不合作，現在的我身上有很多疤痕，到處坑坑窪窪，非常難看。

6　　爸爸媽媽看着我的遍體鱗傷，歎了一口氣：「唉！叫你忍住，不用手抓痘痘你偏不聽。不聽老人言，吃虧在眼前呀！」

7　　此時我終於明白：即使外部條件準備得再充分也是不夠的，萬事還是要靠自己的毅力！

導讀問題

(1)　作者患水痘後需要承受哪些痛苦？

①_____

②_____

③_____

④_____

⑤_____

⑥_____

⑦_____

(2)　作者痊癒後明白了甚麼道理？他為甚麼有此體會？

_____

_____

精選佳句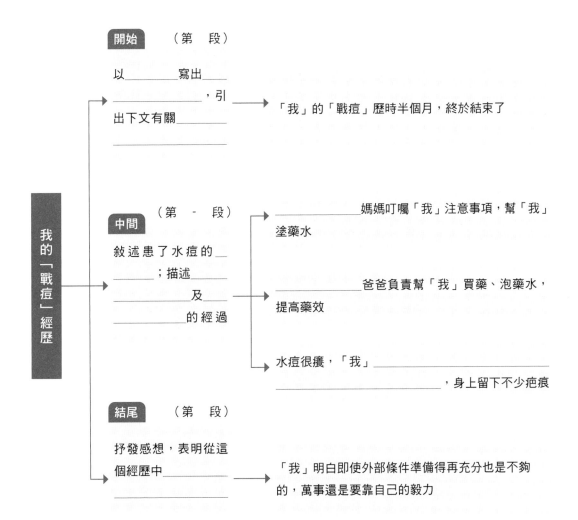

> 1 因為我全身沾滿了黃藥水，好像沾滿了泥巴，確實很「土」。
>
> 2 現在的我身上有很多疤痕，到處坑坑窪窪，非常難看。

思維導圖

現在，齊來整理文章的結構！

我的「戰痘」經歷

開始 （第　　段）

以＿＿＿＿寫出＿＿＿＿＿＿＿＿＿＿＿＿，引出下文有關＿＿＿＿＿＿＿＿＿＿ → 「我」的「戰痘」歷時半個月，終於結束了

中間 （第　-　段）

敍述患了水痘的＿＿＿＿＿＿；描述＿＿＿＿＿＿＿＿＿＿＿＿及＿＿＿＿＿＿＿＿的經過

→ ＿＿＿＿＿＿＿＿媽媽叮囑「我」注意事項，幫「我」塗藥水

→ ＿＿＿＿＿＿＿＿爸爸負責幫「我」買藥、泡藥水，提高藥效

→ 水痘很癢，「我」＿＿＿＿＿＿＿＿＿＿＿＿＿＿＿＿＿＿＿＿＿，身上留下不少疤痕

結尾 （第　　段）

抒發感想，表明從這個經歷中＿＿＿＿＿＿＿＿＿＿＿ → 「我」明白即使外部條件準備得再充分也是不夠的，萬事還是要靠自己的毅力

10.「褲」行記 陳雨生

佳作共賞 🎬

寫作手法

1   你知道嗎？用普通話說，有時我很「kù」，但不是「長得酷」的「酷」，而是「褲子」的「褲」。哦！不信，你聽聽吧！

「褲」行一

2   有一天早上我起晚了，老爸送我上學。

3   我揮別老爸，正準備跨進校門口的時候，老爸——一個大男子漢——竟然在我背後大叫起來。我轉過身去，老爸飛快地一把將我拉到邊上，貼着我耳邊輕聲對我說：「兒子，你褲子穿反了！」

4   頓時，我的臉比熟透了的紅柿子還要紅。咳，還不是早上起牀時頭腦發昏、時間緊迫導致的？幸好身旁的同學不多，我立刻奔往洗手間「改正」。

5   你瞧，我是不是「褲」透了？

「褲」行二

6   那天我生日，媽媽硬要帶我去買褲子。我想，又要有新褲子穿了，何樂而不為呢？

7   來到市場，媽媽看中了一條褲子，雖然覺得稍大，但仍要我去試，我只好服從。剛扣好鈕扣，「意外」竟然發生了！「嘩」一聲，褲子竟然脫離了我的身體！

8   我不知所措地愣在原地，媽媽和老闆娘都哈哈大笑

起來！原來是扣眼太大，褲子料子太滑造成的。你可以想像我這個「小男子漢」當時多難為情啊！

9　　你說，你說我「褲」嗎？

「褲」行三

10　　一個星期天，我在家做作業的時候，忽然想上廁所。人有三急嘛！我匆匆忙忙地趕到廁所，趕緊拉開拉鏈準備解決問題，可是人越急，拉鏈越拉不開。我使勁地拉啊拉，就是拉不開，急得我直跺腳、憋得我直想哭。我大叫着跑回去找爸爸。爸爸看使勁拉也拉不下去，確定是拉鏈「罷工」了！緊急之中，還是爸爸有主意，拿來剪刀沿着拉鏈旁的布料一剪──行了！爸爸算是「救」了我一回！

11　　你看看，我「褲」呆了吧！

12　　哎，在我們成長的過程中，有些「褲」也實在是很無奈啊！

導讀問題 💬

(1) 第 4 段作者說：「我的臉比熟透了的紅柿子還要紅。」他當時的心情是怎樣的？

_____

(2) 作者在文章中加插一些問句，如「你知道嗎？」「你瞧，我是不是『褲』透了？」「你說，你說我『褲』嗎？」等，有何目的？

_____

_____

(3) 文中記述那三件與褲子有關的事件，有何共同點？

_____

精選佳句 ☑

1 頓時，我的臉比熟透了的紅柿子還要紅。

2 我不知所措地愣在原地⋯⋯

3 我使勁地拉啊拉，就是拉不開，急得我直跺腳、憋得我直想哭。

思維導圖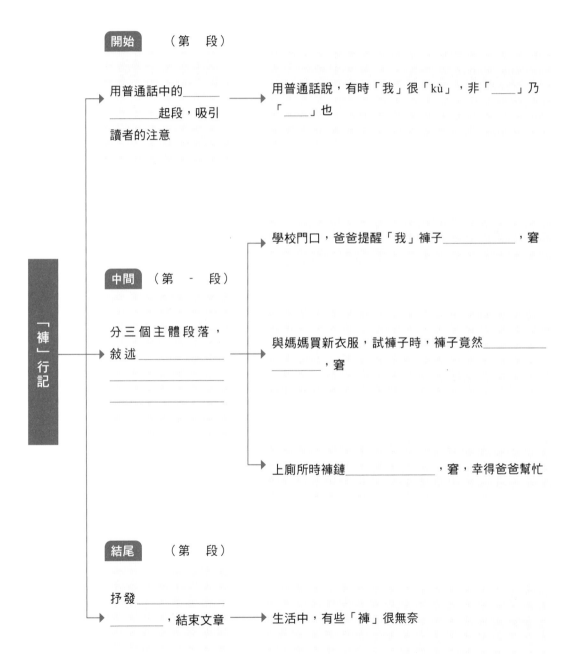

現在，齊來整理文章的結構！

「褲」行記

開始 （第　　段）

用普通話中的＿＿＿＿＿＿＿＿＿＿＿＿起段，吸引讀者的注意 → 用普通話說，有時「我」很「kù」，非「＿＿＿」乃「＿＿＿」也

中間 （第　－　段）

學校門口，爸爸提醒「我」褲子＿＿＿＿＿＿＿＿＿，窘

分三個主體段落，敘述＿＿＿＿＿＿＿＿＿＿＿＿＿＿＿＿＿＿＿＿＿＿＿＿＿＿＿＿＿ → 與媽媽買新衣服，試褲子時，褲子竟然＿＿＿＿＿＿＿＿＿＿＿＿，窘

上廁所時褲鏈＿＿＿＿＿＿＿＿，窘，幸得爸爸幫忙

結尾 （第　　段）

抒發＿＿＿＿＿＿＿＿＿＿＿＿＿，結束文章 → 生活中，有些「褲」很無奈

11. 同桌意見調查　王春

佳作共賞 🎬

寫作手法

1　新學期開始了，排座位又成了同學們最關心的事情。按以往的習慣，誰和誰同桌都是老師說了算。本學期，老師一反常態，要在排座位前聽聽同學們的意見。這不，老師囑咐我收集「民言」，有很多同學還打了「書面報告」呢！

2　「書面部分」可分四類。其一，求優型。例如李穎琪的「報告」：我喜歡跟成績好的同學同桌。成績好的同學上課遵守紀律、認真聽老師講課，不會打擾我，而且跟成績好的同學同桌，有甚麼不懂的問題，還可以向他（她）請教，能提高自己的成績。

3　其二，好強型。例如姜浩文的「報告」：我喜歡跟成績一般的同學同桌，因為我的成績在班上屬中等，如果遇上成績好又有些驕傲的同桌，我一點「面子」也沒有。跟成績一般的同學同桌，感覺就不一樣，不用擔心雙方地位不平等，學習上有時還可以幫助他，我們可以共同進步呢！

4　其三，好吃型。例如大胖子韓彬的「報告」：我喜歡跟有點零花錢且嘴饞的同學同桌。我老爸老媽很少給我零花錢，我又沒法找到賺小錢的途徑，因此，跟有點零花錢且嘴饞的同學同桌，我也能跟着沾點光。當然得有個條件，他也要慷慨大方才行。

5 　　其四，隨便型。例如黃佳林的「報告」：我覺得跟誰同桌都無所謂，男也行，女也行；成績好也行，成績差也行；長相好也行，長相一般也行。又不是選公主、挑駙馬，弄那麼多條件幹嗎？我倒是覺得跟誰同桌不能挑挑選選，那樣會傷害同學之間的感情，影響友誼。

6 　　你瞧，通過「書面報告」向老師提意見的同學可真不少。大家的願望能否得到滿足，就要看老師了！

導讀問題 💬

(1) 為甚麼同學會寫「同桌書面報告」？

_____

_____

(2) 把同學們對排座位的意見分類，有何好處？

_____

精選佳句 ☑

1 又不是選公主、挑駙馬，弄那麼多條件幹嗎？

2 我倒是覺得跟誰同桌不能挑挑選選，那樣會傷害同學之間的感情，影響友誼。

思維導圖

現在，齊來整理文章的結構！

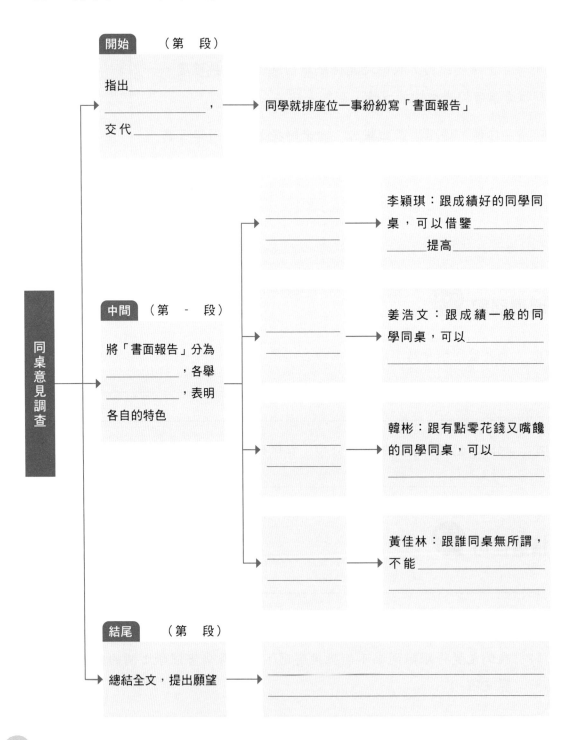

同桌意見調查

開始 （第　　段）

指出＿＿＿＿＿＿＿＿＿
＿＿＿＿＿＿＿＿＿，
交代＿＿＿＿＿＿＿

→ 同學就排座位一事紛紛寫「書面報告」

中間 （第 ― 段）

將「書面報告」分為
＿＿＿＿＿＿＿，各舉
＿＿＿＿＿＿＿，表明
各自的特色

＿＿＿＿＿＿＿
＿＿＿＿＿＿＿
→ 李穎琪：跟成績好的同學同桌，可以借鑒＿＿＿＿＿＿＿＿＿＿提高＿＿＿＿＿＿＿

＿＿＿＿＿＿＿
＿＿＿＿＿＿＿
→ 姜浩文：跟成績一般的同學同桌，可以＿＿＿＿＿＿＿＿＿＿＿＿＿＿

＿＿＿＿＿＿＿
＿＿＿＿＿＿＿
→ 韓彬：跟有點零花錢又嘴饞的同學同桌，可以＿＿＿＿＿＿＿＿＿＿＿＿

＿＿＿＿＿＿＿
＿＿＿＿＿＿＿
→ 黃佳林：跟誰同桌無所謂，不能＿＿＿＿＿＿＿＿＿＿＿＿＿＿

結尾 （第　　段）

總結全文，提出願望 → ＿＿＿＿＿＿＿＿＿＿＿＿＿＿＿＿＿＿＿＿＿＿＿＿＿＿＿＿＿＿＿＿＿＿＿＿

12. 再見，「瞌睡蟲」！ 劉可欣

佳作共賞 🎬

1   今天早上第一節是中文課。教中文的陳老師到了教室，環顧四周，然後面帶微笑地對我們說：「有些同學臉上有蟲。」

2   大家議論紛紛：「哪兒有蟲啊？」教室裏的聲音此起彼伏，不絕於耳。我們一邊議論，一邊東瞧西望：咦？沒有呀？老師是在開玩笑嗎？正當我們迷惑的時候，老師笑眯眯地對我們說：「有些同學的臉上有『瞌睡蟲』！」我們恍然大悟，是呀！有些同學沒精打采地趴在桌上，像泄了氣的皮球。哦！原來是「瞌睡蟲」在作怪呢！

3   老師讓我們擦一擦臉，把「瞌睡蟲」趕走。於是，我們都用手在臉上擦了起來。瞧！浩文用手在臉上一陣亂塗亂抹，像一隻瘋貓在張牙舞爪地洗臉！大家見了，笑得前仰後合。看！家豪把手放在臉上一上一下地擦着，活像一位麪包師傅小心翼翼地擀麪粉皮！大家看見了，都開心地哈哈大笑起來。最有趣的是偉康擦臉，只見他把手放進衣兜裏，抓住身上的衣服，在臉上使勁兒擦起來。他的模樣乖乖傻傻的，像一個落入水中又馬上站起、正在用衣服猛擦腦瓜的小男孩。同學們看見笑得更厲害了，他的臉也紅得像猴子的紅屁股。

4   現在趕走了「瞌睡蟲」，我們回復精力充沛的樣子，像一個個打足了氣的皮球。我們的背挺得直直的、頭抬得

高高的，猶如一棵棵筆直地挺立着的小松樹在認真地聽老
師講課呢！

5　　再見了，「瞌睡蟲」！

導讀問題

(1)　同學們沒精打采地上課，老師有何反應？

_____

_____

(2)　同學由沒精打采至精神勃發，經歷了哪些變化？

_____

_____

(3)　文章中哪些部分是詳寫？哪些是略寫？詳寫那些內容有何好處？

_____

_____

精選佳句

1　大家見了，笑得前仰後合。

2　有些同學沒精打采地趴在桌上，像泄了氣的皮球。

3　我們回復精力充沛的樣子，像一個個打足了氣的皮球。

思維導圖

現在，齊來整理文章的結構！

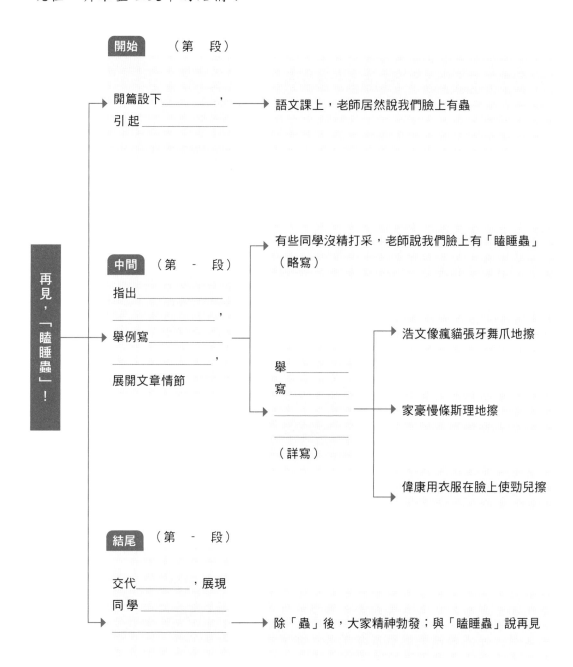

開始 （第　段）

開篇設下＿＿＿＿＿，
引起＿＿＿＿＿＿＿＿ ──→ 語文課上，老師居然說我們臉上有蟲

再見，「瞌睡蟲」！

中間 （第　-　段）

指出＿＿＿＿＿＿＿＿
＿＿＿＿＿＿＿＿＿，
舉例寫＿＿＿＿＿＿＿
＿＿＿＿＿＿＿＿＿，
展開文章情節

有些同學沒精打采，老師說我們臉上有「瞌睡蟲」
（略寫）

舉＿＿＿＿＿＿
寫＿＿＿＿＿＿
＿＿＿＿＿＿＿
＿＿＿＿＿＿＿
（詳寫）

──→ 浩文像瘋貓張牙舞爪地擦

──→ 家豪慢條斯理地擦

──→ 偉康用衣服在臉上使勁兒擦

結尾 （第　-　段）

交代＿＿＿＿＿，展現
同學＿＿＿＿＿＿＿＿
＿＿＿＿＿＿＿＿＿ ──→ 除「蟲」後，大家精神勃發；與「瞌睡蟲」說再見

13. 登山遊記　　李希倫

佳作共賞

1　　今年聖誕假期，爸爸媽媽帶我到四川達州鳳凰山遊覽，可惜天公不作美，出門時仍下着小雨。

2　　到了鳳凰山的腳下，我們卻發現這裏遊人如織，將鳳凰山的入口擠得水泄不通。我們費了九牛二虎之力才走到鳳凰山的中門前。走進中門，頓時像進入了原始森林，而中門外是一些遊樂設施。此時的中門像一道分界線，將繁華的都市和「深山老林」完全隔開。

3　　我們走着走着，漸漸看到了紅軍亭。雲霧繚繞中的紅軍亭，恰似仙山瓊閣。通天梯蜿蜒曲折，像一條彩帶從雲間飄落下來，那流動的彩帶正是拾級而上的遊人。我們跟着熙熙攘攘的人羣上了通天梯。

4　　走上通天梯後，爸爸和媽媽都有些走不動了，可是我們還是堅持着一步步向上攀，終於攀上了紅軍亭。站在紅軍亭上，放眼望去，周圍盡是連綿起伏的峯巒，形態各異。這裏的景致雖比不上那些名山大川——沒有峨嵋的秀美、華山的險峻、泰山的挺拔，但它卻用最樸素無華的風格，默默地養育着巴山兒女。

5　　在紅軍亭休息了一會兒後，我們便向元稹廣場進發。一進元稹廣場，就看到唐朝著名詩人，時任通州司馬的元稹，站在船頭迎風破浪的英姿，讓人不禁想起他過去造福通州人民的政績，想起他體恤民情的善舉，想起他的眾多偉大詩作。

6　　　離開元積廣場，我們便向鳳凰之巔——鳳凰樓進發。我們走一會兒歇一會兒，走了許久，終於來到了鳳凰樓。我們在鳳凰樓中找了個位置休息，一邊聊天，一邊看鳳凰山秀麗的景色，享受美味佳餚，充分呼吸着這個「天然大氧吧」的新鮮空氣。說說笑笑，分外舒適。

7　　　直到晚霞滿天、華燈初上，我們才戀戀不捨地打道回府。登鳳凰山的一天，真是充實、幸福的一天！

導讀問題

(1)　作者登鳳凰山當天氣氛如何？

_____

_____

_____

(2)　為甚麼作者要提及峨嵋山、華山及泰山？

_____

_____

_____

精選佳句

1　雲霧繚繞中的紅軍亭，恰似仙山瓊閣。

2　通天梯蜿蜒曲折，像一條彩帶從雲間飄落下來，那流動的彩帶正是拾級而上的遊人。

思維導圖

現在，齊來整理文章的結構！

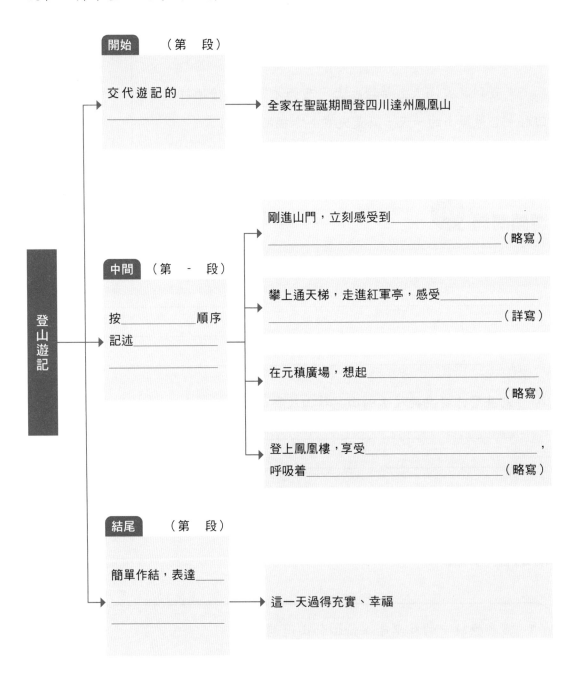

登山遊記

開始　（第　段）

交代遊記的＿＿＿＿＿＿
＿＿＿＿＿＿＿＿＿＿＿

→ 全家在聖誕期間登四川達州鳳凰山

中間　（第　-　段）

按＿＿＿＿＿＿＿順序
記述＿＿＿＿＿＿＿＿
＿＿＿＿＿＿＿＿＿＿＿

→ 剛進山門，立刻感受到＿＿＿＿＿＿＿＿＿＿＿＿＿
＿＿＿＿＿＿＿＿＿＿＿＿＿＿＿＿＿＿＿（略寫）

→ 攀上通天梯，走進紅軍亭，感受＿＿＿＿＿＿＿＿＿
＿＿＿＿＿＿＿＿＿＿＿＿＿＿＿＿＿＿＿（詳寫）

→ 在元積廣場，想起＿＿＿＿＿＿＿＿＿＿＿＿＿＿＿
＿＿＿＿＿＿＿＿＿＿＿＿＿＿＿＿＿＿＿（略寫）

→ 登上鳳凰樓，享受＿＿＿＿＿＿＿＿＿＿＿＿＿＿＿，
呼吸着＿＿＿＿＿＿＿＿＿＿＿＿＿＿＿＿＿（略寫）

結尾　（第　段）

簡單作結，表達＿＿＿＿
＿＿＿＿＿＿＿＿＿＿＿

→ 這一天過得充實、幸福

14. 悼果子貍　葉子

佳作共賞 🎬

親愛的朋友們：

1　　今天，我們懷着極其沉痛的心情，深切悼念果子貍。

2　　幾百萬年以前，大自然孕育了果子貍，牠們生活在亞洲東南部的山林之中。為了生活，牠們勇攀高山、大樹，以穀物、果實和昆蟲為食。千百年來，牠們與世無爭，遵守大自然的法則，與其他生物和睦相處，公平競爭，繁衍生息。

3　　但隨着人類人口數量的急劇增長，牠們的生活、家園，以至生命都受到了嚴重的威脅。由於牠們味美肉鮮，人類中的「美食家」為了滿足口腹之欲，豐富所謂的「吃文化」，紛紛把目光瞄準了牠們，吃掉牠們不少族類。那些「美食家」們，長翅膀的除了飛機不吃，長腿的除了凳子不吃，長毛的除了刷子不吃，其他全吃！由於「美食家」不斷增加，「果子貍」的供應早已脫銷。今天，人類狩獵的工具已從石塊、陷阱、弓箭、刀槍、鋼絲套等發展到自動火器。各種花樣翻新的現代狩獵工具對果子貍，甚至整個動物界構成了毀滅性的威脅。背井離鄉、家破人亡，已是我們動物界的殘酷現實。

4　　2003 年是我們最難忘的一年。在那一年裏，人類染上了沙士病毒，有人說這種病毒可能來源於果子貍，於是人類紛紛指責果子貍，把仇恨都集中在果子貍身上。於是，一場瘋狂的大屠殺開始了，牠們有的被深埋，有的被

焚燒……直到現在，可憐的果子狸還不知道自己犯了甚麼法，竟遭到人類如此大規模的滅絕性屠殺。人類在大肆享用美食時，從來就不考慮野生動物身上有沒有病毒。縱然果子狸身上有沙士病毒，難道是牠們主動把病毒傳染給人類嗎？果子狸呀果子狸，你們死得多麼冤枉啊！

5　　枝葉繁茂、水果豐美的森林是我們野生動物繁衍生息、賴以生存的家園，今天我們尚能在這裏為果子狸開追悼會，也許明天我們的家園就會消失，那時還會有誰為我們開追悼會？我們真的不知道明天會是甚麼樣子！當人類造成的物種滅絕的影響越來越廣時，作為自然物種之一的人類，就能倖免於難嗎？

6　　最後，讓我們再一次為果子狸默哀三分鐘。

大象先生

二零 XX 年十二月八日

導讀問題 💬

(1) 果子狸的死與誰有關？

_____

_____

(2) 為甚麼大象認為果子狸死得十分冤枉？

_____

_____

(3) 第 5 段帶出了甚麼警告？你同意大象的觀點嗎？為甚麼？

_____

_____

_____

精選佳句 ☑

1 那些「美食家」們，長翅膀的除了飛機不吃，長腿的除了凳子不吃，長毛的除了刷子不吃，其他全吃！

2 當人類造成的物種滅絕的影響越來越廣時，作為自然物種之一的人類，就能倖免於難嗎？

思維導圖

現在，齊來整理文章的結構！

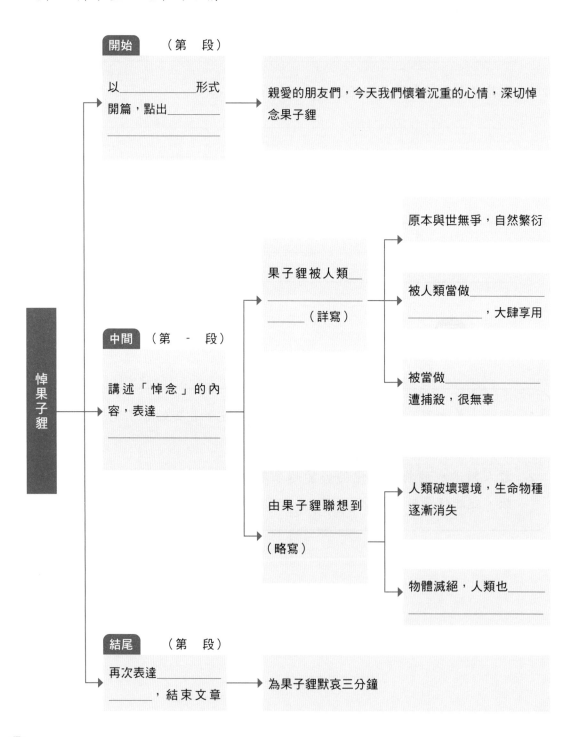

開始 （第　段）

以＿＿＿＿＿＿形式開篇，點出＿＿＿＿＿＿＿

親愛的朋友們，今天我們懷着沉重的心情，深切悼念果子貍

中間 （第　-　段）

講述「悼念」的內容，表達＿＿＿＿＿

果子貍被人類＿＿＿＿＿＿（詳寫）

原本與世無爭，自然繁衍

被人類當做＿＿＿＿＿＿＿＿，大肆享用

被當做＿＿＿＿＿＿遭捕殺，很無辜

由果子貍聯想到＿＿＿＿＿（略寫）

人類破壞環境，生命物種逐漸消失

物體滅絕，人類也＿＿＿＿＿＿

悼果子貍

結尾 （第　段）

再次表達＿＿＿＿＿＿＿，結束文章

為果子貍默哀三分鐘

15. 改寫「負荊請罪」　　王升

1　　當藺相如的一番話傳入我廉頗的耳朵後，我翻然悔悟，想去向他請罪。可是轉念一想，我堂堂一個大將軍，怎麼能向一個文臣請罪呢？轉念又一想，可這件事本來是我錯了啊，不去請罪，我良心上過不去啊！經過一番激烈的心理鬥爭後，我的良心終於戰勝了虛榮心，決定去上門請罪。

2　　我脫下戰袍，背上荊條，去了上卿府。到了藺相如門前，我便屈膝跪地，靜候藺相如。他家的僕人看到我以後，連忙去通報。不一會兒藺相如出來了。他見我這副模樣，急忙上前準備扶起我：「廉將軍，起來，起來，我可擔當不起呢！」

3　　我一邊搖頭，一邊拱手，愧疚地對他說：「藺上卿，想我廉頗一心要終身保衛趙國，而今我卻小肚雞腸，為了爭一口氣，忘了自己的報國之心，不顧國家利益，和你對着幹。我無顏面對滿朝的文武大臣，更對不起趙王對我的栽培和信任呀！」

4　　藺相如知道我已經悔悟，就對我說：「廉將軍快快請起，我又怎值得你行此大禮？」

5　　「不！」儘管藺相如這樣說，我仍然跪在地上不起來，「我有罪，今天藺上卿若不肯懲罰我，我就不起來！」

6　　藺相如笑着說：「使不得，使不得！大將軍何罪之有？」

7　　　我低頭答道：「你別取笑我了。我不該如此爭名好利，嫉賢妒能，不顧國家利益，並在朝廷內外揚言要與你過不去，鬧起了內訌⋯⋯」

8　　　藺相如連忙打斷我的話：「過去的事就不用再說了。其實我壓根兒也沒有怪罪過你。你是我們趙國的老將軍，為保衛趙國你立下了汗馬功勞，不愧是我們趙國的有功之臣。我跟你相比還差得很遠。如果這事換了我，很可能我也想不通啊！」

9　　　說着，藺相如連忙解下我背上的荊條，扶起我，又語重心長地對我說：「廉將軍！人非聖賢，孰能無過。你明白了就好。以後你我齊心保衛趙國，你說好嗎？」

10　　「好，好，這是我們共同的心願！」我激動地說。

11　　　說完我們都大笑起來。從此以後，我倆成了好朋友，同心協力保衛趙國。

導讀問題 💬

(1) 廉頗是真心請罪的，你同意嗎？為甚麼？

_____

_____

(2) 廉頗說自己「不應小肚雞腸，為了一時之氣，不顧國家利益」。那「小肚雞腸」是甚麼意思？

_____

_____

(3) 故事中反映廉頗與藺相如的性格是怎樣的？

廉頗：_____

_____

藺相如：_____

_____

精選佳句 ☑

1　我一邊搖頭，一邊拱手，愧疚地對他說……

2　我壓根兒也沒有怪罪過你。

3　人非聖賢，孰能無過。

思維導圖

現在，齊來整理文章的結構！

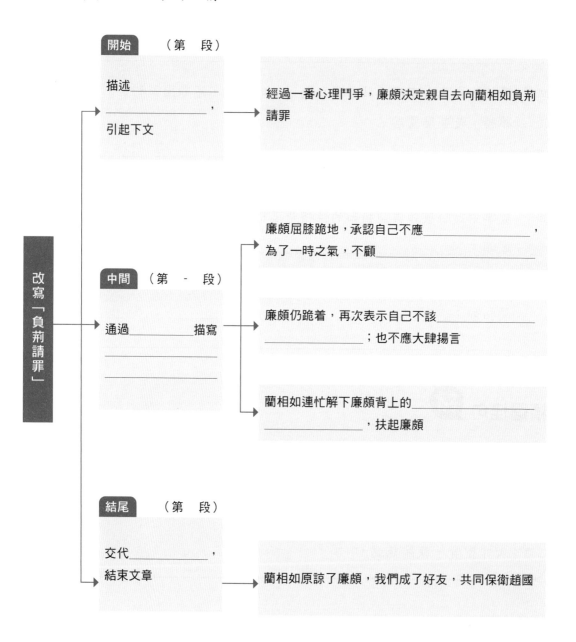

改寫「負荊請罪」

開始 （第　　段）

描述＿＿＿＿＿＿＿＿
＿＿＿＿＿＿＿＿，
引起下文

> 經過一番心理鬥爭，廉頗決定親自去向藺相如負荊請罪

中間 （第　－　段）

通過＿＿＿＿＿描寫
＿＿＿＿＿＿＿＿＿＿
＿＿＿＿＿＿＿＿＿＿

> 廉頗屈膝跪地，承認自己不應＿＿＿＿＿＿＿＿＿，為了一時之氣，不顧＿＿＿＿＿＿＿＿＿＿＿＿

> 廉頗仍跪着，再次表示自己不該＿＿＿＿＿＿＿＿＿＿＿＿＿＿＿＿；也不應大肆揚言

> 藺相如連忙解下廉頗背上的＿＿＿＿＿＿＿＿＿＿＿＿＿＿＿＿＿，扶起廉頗

結尾 （第　　段）

交代＿＿＿＿＿＿＿，
結束文章

> 藺相如原諒了廉頗，我們成了好友，共同保衛趙國

16. 大將軍的現代之旅 　譚捷文

佳作共賞 🎥

1　　早上，我剛起牀，突然一顆「大流星」從天而降，正好撞到我的頭上。我被撞得頭昏眼花、眼冒金星。過了一會兒，我睜開眼睛一看，呀，竟然是女扮男裝的大將軍——花木蘭來了。

2　　花木蘭和我來到了客廳，她東瞧瞧、西看看，在她眼裏一切都是那麼新奇。她的目光落在電視機上，我介紹說：「這是電視。」我開啟電視機，碰巧電視裏正在演《楊家將》。說時遲那時快，花木蘭以迅雷不及掩耳之勢猛地向後退了一步，做出要格鬥的架勢，怒目圓睜地對我說：「你這個小毛孩，究竟使了甚麼妖法，把無辜的百姓全都裝進這個大匣子裏？快快將他們放出來，否則本將軍對你不客氣！」我嚇了一大跳，趕緊解釋：「大將軍，千萬別生氣，這是我們現代人看的電視……」我解釋了老半天，花木蘭彷彿還是一頭霧水。

3　　中午，我讓花木蘭換上媽媽的衣服，帶她去吃飯。花木蘭看見餐館外做飯用的煤氣罐，就快步走上前去，舉起煤氣罐，說：「這是甚麼？看上去很像炮彈。」她一邊說，還一邊敲個不停：「嗯，還挺結實。」說着她就要摔，嚇得老闆大叫：「姑娘，這不是炮彈，這是我們做飯用的，做飯用的。」我捏了一把冷汗的，暗想：我的天呀，我的大將軍呀，你可不知道，這東西一摔，威力跟炮彈也差不了多少！聽老闆這麼一說，花木蘭半信半疑地放下煤氣

罐，隨我來到飯桌前坐下。我對她說：「大將軍，我們現代人的生活水平比你們那個時代進步多了。一會兒出去，你千萬別亂跑，也別亂動別人的東西，好嗎？飯後，我帶你四處逛逛，讓你看看我們這現代化的大都市。但是你必須保證，只看不動！」大將軍聽了，微微點了點頭。

4　　吃過午飯，我帶她在市內溜達了一個下午。她還真守信用，再也沒有亂動別人的東西。看着她不時若有所思的樣子，我知道她又在思考了。

5　　晚上回到家，房間裏很昏暗。我打開燈，房間裏頃刻明亮如畫，花木蘭驚奇地說：「啊！你會妖術？」「哈哈……」我笑得把剛喝進嘴裏的茶水全噴了出來：「這是我們照明用的電燈。」花木蘭圍着燈轉了幾圈：「電燈？現代人真是聰明！」說罷，便坐在沙發上低頭沉思起來，不再說話。我也終於可以休息一會兒了。

6　　給古代大將軍當現代導遊，一個字：難；兩個字：很難；三個字：十分難。

導讀問題 💬

(1) 作者為大將軍花木蘭當導遊，容易嗎？為甚麼？

_____

_____

(2) 文章中花木蘭的性格是怎樣的？

_____

_____

_____

(3) 文章在描寫人物時，運用了哪些技巧？試舉其中一例加以說明。

_____

_____

_____

精選佳句 ☑

1 她東瞧瞧、西看看，一切在她眼裏都是那麼新奇。

2 說時遲那時快，花木蘭以迅雷不及掩耳之勢猛地向後退了一步⋯⋯

3 我打開燈，房間裏頃刻明亮如畫。

思維導圖

現在，齊來整理文章的結構！

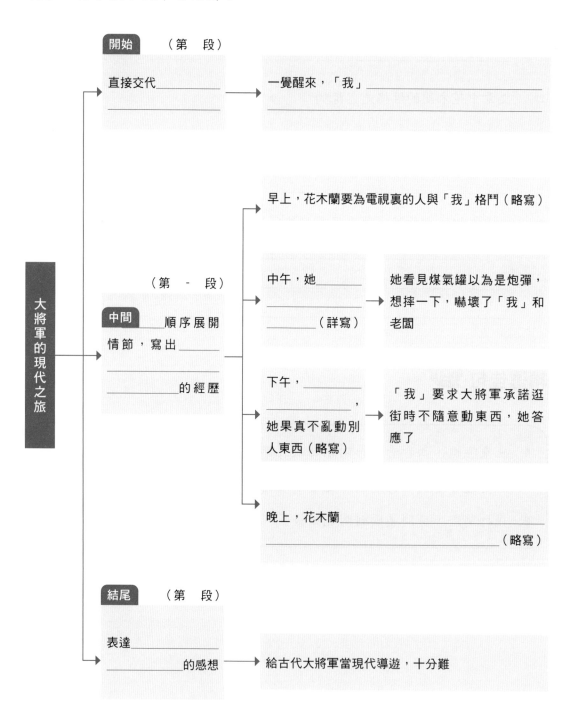

大將軍的現代之旅

開始（第　段）

直接交代＿＿＿＿＿＿＿＿＿＿＿＿＿＿＿ → 一覺醒來，「我」＿＿＿＿＿＿＿＿＿＿＿＿＿＿＿＿＿＿＿＿＿＿

中間（第　-　段）

＿＿＿＿順序展開情節，寫出＿＿＿＿＿＿＿＿＿＿＿＿＿＿＿的經歷

→ 早上，花木蘭要為電視裏的人與「我」格鬥（略寫）

→ 中午，她＿＿＿＿＿＿＿＿＿＿＿＿＿＿＿＿＿＿＿＿（詳寫） → 她看見煤氣罐以為是炮彈，想摔一下，嚇壞了「我」和老闆

→ 下午，＿＿＿＿＿＿＿，她果真不亂動別人東西（略寫） → 「我」要求大將軍承諾逛街時不隨意動東西，她答應了

→ 晚上，花木蘭＿＿＿＿＿＿＿＿＿＿＿＿＿＿＿＿＿＿＿＿＿＿＿＿＿＿＿＿＿＿（略寫）

結尾（第　段）

表達＿＿＿＿＿＿＿＿＿＿＿＿＿＿＿＿的感想 → 給古代大將軍當現代導遊，十分難

17. 與倉頡老人對話　蔡柔香

佳作共賞

1　昨晚，我做了一個夢，夢見的居然是倉頡老人。

2　我揉揉眼睛上前問道：「哦，您好！您就是造字之祖倉頡老爺爺吧？您造了那麼多字，真是了不起！倉頡爺爺，您為甚麼要造字呢？」

3　倉頡老人笑眯眯地回答：「以前沒有文字，人們交流很不方便，我就創造了一些漢字，用它來記錄語言，這樣，人們交流起來就方便多了。」

4　我點點頭，還想說些甚麼，可又不太好意思說。老人似乎看出了我的心思，問道：「你還有甚麼問題，就大膽地問吧！」

5　我吞吞吐吐地說：「漢字好是好，可我覺得筆劃有點……有點多，寫起來太累人了。倉頡爺爺，您能不能再施展一次本領，把漢字變得再簡單些？好讓我用最短的時間把每天的作業寫完？」

6　「小朋友，現在的漢字已經是簡化了。以前都是繁體字，筆劃更多、更難寫，你們現在的簡體字已把筆劃減省不少了。孩子，學文化怕苦怕累可不行呀！你要堅持，一點一點地吸收和積累知識。」說完，倉頡老人慢慢地轉身不見了……

7　我一下子從睡夢中驚醒，回想剛才的事情，似乎明白了一些甚麼……

導讀問題 💬

(1) 文中提及漢字有何好處？

_____

_____

(2) 作者向倉頡老人提問時，為何吞吞吐吐呢？

_____

_____

(3) 作者說：「回想剛才的事情，似乎明白了一些甚麼……」他到底明白了甚麼？

_____

_____

精選佳句 ☑

1 我揉揉眼睛上前問道……/倉頡老人笑眯眯地回答……/我點點頭……/我吞吞吐吐地說……/我一下子從睡夢中驚醒……

2 孩子，學文化怕苦怕累可不行呀！你要堅持，一點一點地吸收和積累知識。

思維導圖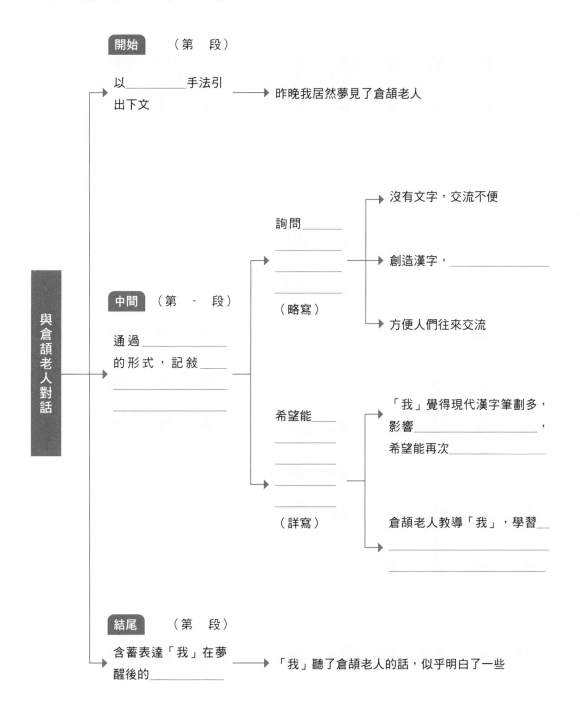

現在，齊來整理文章的結構！

開始　（第　段）

以＿＿＿＿＿手法引出下文　→　昨晚我居然夢見了倉頡老人

中間　（第　-　段）

通過＿＿＿＿＿的形式，記敘＿＿＿
＿＿＿＿＿＿＿＿
＿＿＿＿＿＿＿＿

詢問＿＿＿＿＿
＿＿＿＿＿＿
（略寫）

→　沒有文字，交流不便

→　創造漢字，＿＿＿＿＿＿＿＿＿

→　方便人們往來交流

希望能＿＿＿
＿＿＿＿＿＿
＿＿＿＿＿＿
＿＿＿＿＿＿
（詳寫）

→　「我」覺得現代漢字筆劃多，影響＿＿＿＿＿＿＿＿＿，希望能再次＿＿＿＿＿＿＿

倉頡老人教導「我」，學習＿＿
＿＿＿＿＿＿＿＿＿
＿＿＿＿＿＿＿＿＿

結尾　（第　段）

含蓄表達「我」在夢醒後的＿＿＿＿＿＿　→　「我」聽了倉頡老人的話，似乎明白了一些

與倉頡老人對話

18. 魯迅自傳 魯迅

佳作共賞

1　　魯迅，於 1881 年生於浙江之紹興城內姓周的一個大家族裏。父親是秀才；母親姓魯，鄉下人，她以自修到能看文學作品的程度。家裏原有祖遺的四五十畝田，但在父親死掉之前，已經賣完了。這時我大約十三四歲，但還勉強讀了三、四年多的中國書。

2　　因為沒有錢，就得尋不用學費的學校，於是去到南京，住了大半年，考進了水師學堂。不久，分在管輪班，我想，那就上不了艙面了，便走出，又考進了礦路學堂，在那裏畢業，被送往日本留學。但我又變計，改而學醫，學了兩年，又變計，要弄文學了。於是看些文學書，一面翻譯，也作些論文，設法在刊物上發表。直到 1910 年，我的母親無法生活，這才回國，在杭州師範學校作助教，次年在紹興中學作監學。1912 年革命後，被任為紹興師範學校校長。

3　　但紹興革命軍的首領是強盜出身，我不滿意他的行為，他說要殺死我了，我就到南京，在教育部辦事，由此進北京，做到社會教育司的第二科科長。1918 年「文學革命」運動起，我始用「魯迅」的筆名作小說，登在《新青年》上，以後就時時作些短篇小說和短評；一面也做北京大學、師範大學、女子師範大學的講師。因為做評論，敵人就多起來，北京大學教授陳源開始發表這「魯迅」就

是我，由此弄到段祺瑞將我撤職，並且還要逮捕我。我只好離開北京，到廈門大學做教授；約有半年，和校長以及別的幾個教授衝突了，便到廣州，在中山大學做了教務長兼文科教授。

4　　又約半年，國民黨北伐分明很順利，廈門的有些教授就也到廣州來了，不久就清黨，我一生從未見過有這麼殺人的，我就辭了職，回到上海，想以譯作謀生。但因為加入自由大同盟，聽說國民黨在通緝我了，我便躲起來。此後又加入了左翼作家聯盟，民權同盟。到今年，我的1926年以後出版的譯作，幾乎全被國民黨所禁止。

5　　我的工作，除翻譯及編輯的不算外，創作的有短篇小說集二本，散文詩一本，回憶記一本，論文集一本，短評八本，《中國小說史略》一本。

1934 年 3 － 4 月

導讀問題

(1)　魯迅一生的經歷順利嗎？試說明一下。

_____

_____

(2)　為甚麼作者說「因為做評論，敵人就多起來」呢？

_____

_____

精選佳句

1　我又變計，改而學醫，學了兩年，又變計，要弄文學了。

思維導圖

現在，齊來整理文章的結構！

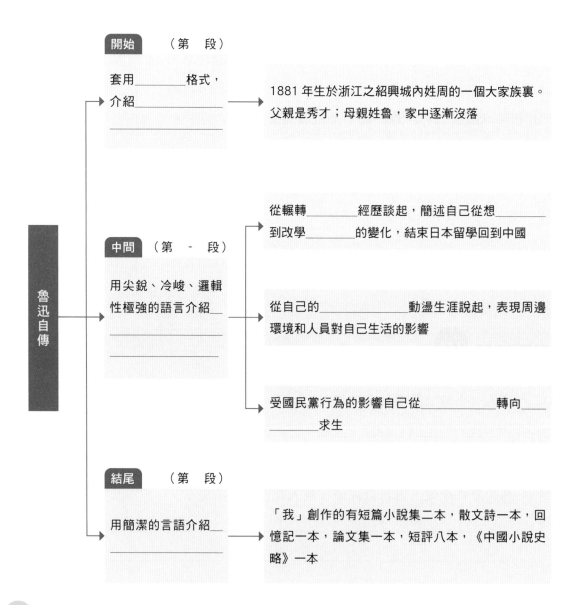

開始　（第　段）

套用_____格式，
介紹_____
_____

1881 年生於浙江之紹興城內姓周的一個大家族裏。
父親是秀才；母親姓魯，家中逐漸沒落

中間　（第　-　段）

用尖銳、冷峻、邏輯
性極強的語言介紹__
_____
_____

從輾轉_____經歷談起，簡述自己從想_____
到改學_____的變化，結束日本留學回到中國

從自己的_____動盪生涯說起，表現周邊
環境和人員對自己生活的影響

受國民黨行為的影響自己從_____轉向____
_____求生

結尾　（第　段）

用簡潔的言語介紹__
_____

「我」創作的有短篇小說集二本，散文詩一本，回
憶記一本，論文集一本，短評八本，《中國小說史
略》一本

魯迅自傳

19. 小松鼠上學 佚名

佳作共賞 🎬

1　　小松鼠是一個勤奮好學的好孩子，小小年紀，就考上了森林大學。小松鼠一家高興得又蹦又跳。但是，小松鼠卻為此煩惱不已。原來，去森林大學要經過一片廣闊無垠的大沙漠，可是牠卻沒有越過沙漠的本領，不知如何是好。

2　　松鼠媽媽想到駱駝常常助人為樂，又有越過沙漠的本領，決定去請牠幫幫忙。駱駝明瞭其來意，就笑着說：「我一定盡力幫忙。」松鼠一家感激不盡。

3　　第二天一早，駱駝大伯就和小松鼠出發了。小松鼠坐在駱駝大伯的兩個駝峯中間，舒服極了。走呀走，牠們慢慢來到了沙漠裏。小松鼠往四周一看，只見沙漠裏到處都是高高低低的沙丘，往哪兒看都一樣。小松鼠擔心地問：「駱駝大伯，這兒到處都是一個樣子，您會不會迷路？」駱駝大伯胸有成竹地說：「小松鼠，我的脖子很長，能夠望到很遠的地方，我給人們帶路，從來沒有迷失過方向，你放心吧！」

4　　中午，火球似的太陽烤着大地，把沙子曬得滾燙滾燙的。小松鼠的腳剛落地，就疼得馬上縮了回來。駱駝大伯卻滿不在乎，還是大搖大擺地往前走。小松鼠驚訝地問：「駱駝大伯，我的腳一落地，就被燙得要馬上縮回來，可是您為甚麼不在乎呢？」駱駝大伯笑了笑，說：「小松鼠，我的腳板很厚，又常年在沙漠裏走，是不會燙傷的。」「啊，

原來是這樣！」

5　　沒走多久，小松鼠又說：「駱駝大伯，我口渴極了，喉嚨都快要冒煙了。」駱駝大伯聽了，心疼地說：「小松鼠，你不要着急，堅持一會兒，大伯給你找水喝。」牠抬起頭，向四周聞了聞，又對小松鼠說：「小松鼠，不要着急，水源找到了，就在左邊沙丘不遠的地方。」小松鼠一聽，頓時來了勁兒。牠們找到了水源，小松鼠喝了四五口水，就喝飽了。駱駝大伯卻一口氣喝了許多水。小松鼠驚訝地說：「駱駝大伯，您可真像水缸啊！能喝這麼多水呀！」駱駝大伯瞅瞅自己的駝峯說：「我的駝峯能儲藏水分，多喝一點就能堅持很久。這可是我能連續幾天不吃不喝的『祕密武器』。」

6　　牠們經歷了千辛萬苦，終於到達了目的地──森林大學。小松鼠感激地說：「謝謝您，大伯！我一定寫信告訴媽媽，讓她好好感謝您。

7　　「不用謝。」駱駝大伯笑了笑，「小松鼠，好好讀書吧。今年放寒假時，我再來接你。」

導讀問題 💬

(1) 文章的題目是「小松鼠上學」，但本文真正的主角是誰？

_____

(2) 試在文章中歸納出駱駝成為「沙漠之舟」的有利條件。

_____

_____

_____

_____

_____

(3) 除了上述的強項外，文章中的駱駝還有哪些優點？

_____

_____

_____

精選佳句 ☑

1 原來，去森林大學要經過一片廣闊無垠的大沙漠，可是牠卻沒有越過沙漠的本領，不知如何是好。

2 火球似的太陽烤着大地，把沙子曬得滾燙滾燙的。

3 小松鼠一聽，頓時來了勁兒。

思維導圖

現在，齊來整理文章的結構！

開始 （第　段）

寫出駱駝答應＿＿＿＿＿＿
＿＿＿＿＿＿，引起下文

小松鼠要上大學，無法穿過路上的沙漠地區，松鼠媽媽請來駱駝幫忙

小松鼠上學

中間 （第 － 段）

通過＿＿＿個場景的描述，寫出＿＿＿＿＿＿＿
＿＿＿＿＿＿＿＿＿＿

場景一：＿＿＿＿＿＿＿
＿＿＿＿＿＿＿＿＿，
擔心迷路

駱駝脖子長，
＿＿＿＿＿＿
＿＿＿＿＿＿

場景二：＿＿＿＿＿＿＿
＿＿＿＿＿＿＿＿＿，
奇怪駱駝為何沒事

駱駝腳板厚，
＿＿＿＿＿＿
＿＿＿＿＿＿

場景三：＿＿＿＿＿＿＿
＿＿＿＿＿＿＿＿＿，駱駝找到水源，亦喝下大量的水

駝峰能儲水，
＿＿＿＿＿＿
＿＿＿＿＿＿

結尾 （第　段）

交代結果，小松鼠＿＿
＿＿＿＿＿＿＿＿＿

順利到達目的地，小松鼠感謝駱駝，駱駝說今年寒假再來接牠

20. 猴子撈月——白忙活一場　　魏素潔

佳作共賞 🎬

寫作手法

1　　很久很久以前，花果山裏住着一羣猴子。這裏景色宜人，尤其是偌大的水簾洞更使牠們充滿了好奇。可是，誰也不敢穿過瀑布跳進去，因為害怕會被瀑布沖走。直到孫悟空來到了這兒，牠縱身一躍，便進入了水簾洞。猴子們都很佩服孫悟空，尊牠為「美猴王」。

2　　孫悟空帶領其他猴子進水簾洞去參觀，這裏面的景色簡直比外面的風景還要美麗。恰巧當天又是月圓之夜——中秋節，所以，美猴王靈機一動，決定當晚舉行慶祝會，大家紛紛叫好。

3　　美猴王坐在寶座上，津津有味地咀嚼着香蕉，還叫猴子、猴孫們去井邊打水，要大家以水代酒，好好痛飲一番。兩隻小猴子奉命來到井邊，其中一隻猴子因為激動，想把頭伸進水中，享受一下這清涼甘甜的井水。可是，牠正要低下頭時，突然嚇了一跳，臉上流露出疑惑和恐懼的表情。旁邊的猴子以為井裏有甚麼妖魔鬼怪，也嚇得膽顫心驚。兩人躲在樹幹後面，等待着鬼怪現出原形。可是半晌過後，井口旁還是空空如也。其中一隻猴子等不下去了，決定到井口邊看一看。小心觀察一會兒後，那隻猴子兩眼放光地告訴同伴：「井中有寶貝！」的確，一個圓圓的、玉盤一樣的東西正浮在水面上閃閃發光。兩隻猴子對視了一下，決定不把這個消息告訴別人。兩隻猴子想親自把它撈出來，獻給猴王，也許還會得到重賞呢！

4 　　牠們說幹就幹。先是手掌大一點的猴子去撈，可是，當牠的手碰到了水面，那寶貝便立刻破裂開來，最後消失了。牠又讓另外一隻猴子來試試，也許會成功。可結果還是一樣。兩隻猴子抓耳撓腮，煩惱不已。這寶貝與空氣差不多，該怎麼取呢？直到第二天，牠們還沒想出對策。過了幾天，天氣陰沉沉的，寶貝也消失了，不在井裏出現了。牠們在井邊守了幾天，肚子餓得受不了，只能兩手空空回去交差。

5 　　美猴王聽了牠倆的描述後，終於明白了這寶貝是怎麼回事。美猴王哭笑不得地說：「那是月亮的倒影，你們誰也撈不上來。你們兩個啊！真是猴子撈月——白忙活一場呢！」兩隻小猴子聽了，搓着手，訕訕地笑了。

導讀問題 💬

(1) 綜合全文，你認為孫悟空有何本領？

_____

_____

_____

(2) 試把文中描述猴子表情及心情的詞語摘錄出來。

_____

_____

_____

(3) 「猴子撈月——白忙活一場」這是一個結構完整的故事嗎？何以見得？

_____

_____

_____

精選佳句 ☑

---

1 旁邊的猴子以為井裏有甚麼妖魔鬼怪，也嚇得膽顫心驚。

2 兩隻猴子抓耳撓腮，煩惱不已。

3 兩隻小猴子聽了，搓着手，訕訕地笑了。

思維導圖

現在，齊來整理文章的結構！

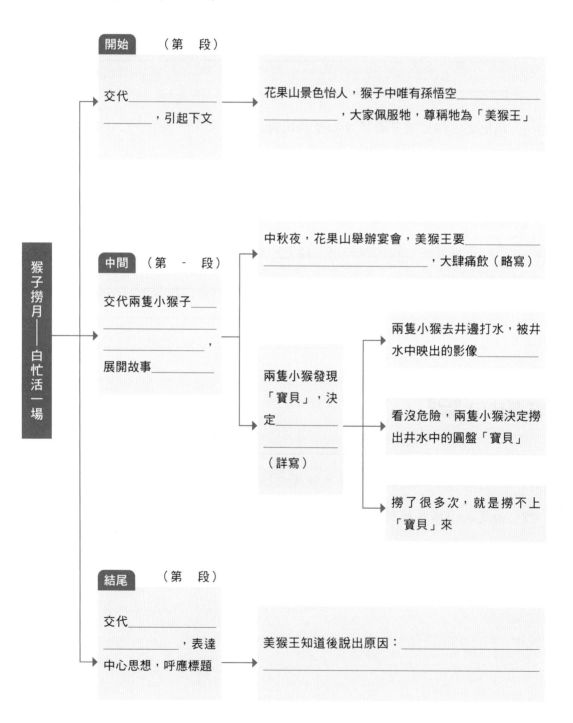

開始 （第　　段）

交代＿＿＿＿＿＿＿＿＿＿＿
＿＿＿＿＿＿，引起下文

花果山景色怡人，猴子中唯有孫悟空＿＿＿＿＿＿＿＿
＿＿＿＿＿＿＿＿，大家佩服牠，尊稱牠為「美猴王」

猴子撈月──白忙活一場

中間 （第　一　段）

交代兩隻小猴子＿＿＿＿
＿＿＿＿＿＿＿＿＿＿＿
＿＿＿＿＿＿＿＿，
展開故事＿＿＿＿＿＿

中秋夜，花果山舉辦宴會，美猴王要＿＿＿＿＿＿＿＿
＿＿＿＿＿＿＿＿，大肆痛飲（略寫）

兩隻小猴發現「寶貝」，決定＿＿＿＿＿＿＿＿＿＿
（詳寫）

兩隻小猴去井邊打水，被井水中映出的影像＿＿＿＿＿＿

看沒危險，兩隻小猴決定撈出井水中的圓盤「寶貝」

撈了很多次，就是撈不上「寶貝」來

結尾 （第　　段）

交代＿＿＿＿＿＿＿＿＿
＿＿＿＿＿＿＿＿，表達
中心思想，呼應標題

美猴王知道後說出原因：＿＿＿＿＿＿＿＿＿＿＿＿＿
＿＿＿＿＿＿＿＿＿＿＿＿＿＿＿＿＿＿＿＿＿

21. 智能鋼筆 沈亦漪

佳作共賞 🎬

1　　我們在寫作文時經常會寫錯別字，如果想「消滅」鋼筆寫的錯別字就更麻煩了，不但用橡皮消滅不了它，而且用透明膠一個不留神還會為本子開「天窗」。很煩惱吧？沒關係！快來試試我的智能鋼筆吧！

2　　智能鋼筆和普通鋼筆的外形差不多，但在筆端有一個液晶顯示屏、一個紅色警報器和兩個顏色不一的小按鈕。

3　　這支鋼筆可神奇了！當你寫了錯字時，筆端的小紅燈就亮了起來，好像在說：「有敵人！有敵人！」這個小紅燈到底是怎麼亮的呢？讓我們一探究竟。原來在筆端還有一個微型監視器，有錯別字時就會報告它的上司——警報器。

4　　如果你想「消滅」掉錯別字，只要按最上面的黃色按鈕，那幾個「敵人」就會消失得無影無蹤。但是如果你不去管這個「敵人」，還想繼續寫別的，這支智能鋼筆就會「罷工」，任你摔啊打啊，它也滴不出一滴墨水，除非你將錯別字消滅。

5　　遇到不認識的字你也不需要着急，只要將筆對着字按下藍色按鈕，在顯示屏上就會顯示出這個字的讀音和詳盡的解釋。以後遇到任何生字就再也不用愁不認識了！

6　　當你完成作業，把筆帽蓋在鋼筆上時，悠揚的樂曲便會從鋼筆中傳出，緊接着一首《明天會更好》也會從鋼筆中緩緩地傳入你的耳中。在鋼筆中還存有着許許多多的歌曲，有民間歌曲、經典老歌、流行歌……你瞧，還有英語歌呢！

7　　看！我的智能鋼筆不錯吧！這可不是夢，讓我們一起努力將這支智能鋼筆創造出來吧！

導讀問題

(1)　文章為甚麼以「智能鋼筆」為標題呢？

_____

_____

(2)　文中把錯別字比喻作甚麼？

_____

(3)　除了作者提及的功能外，你希望鋼筆還有甚麼功能呢？

_____

精選佳句

1 當你寫了錯字時，筆端的小紅燈就亮了起來，好像在說：「有敵人！有敵人！」

2 如果你想「消滅」掉錯別字，只要按最上面的黃色按鈕，那幾個「敵人」就會消失得無影無蹤。

思維導圖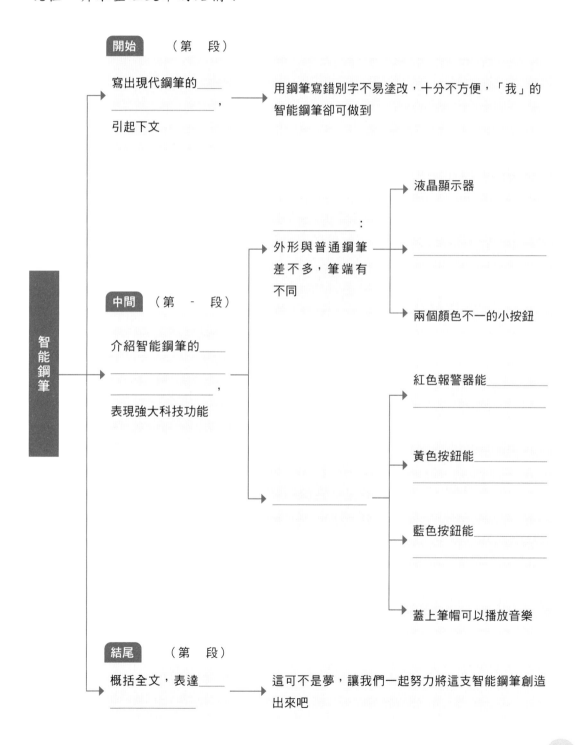

現在，齊來整理文章的結構！

開始 （第 　 段）

寫出現代鋼筆的＿＿＿＿
＿＿＿＿＿＿＿＿＿＿＿，
引起下文
→ 用鋼筆寫錯別字不易塗改，十分不方便，「我」的智能鋼筆卻可做到

智能鋼筆

中間 （第 　 - 　 段）

介紹智能鋼筆的＿＿＿＿
＿＿＿＿＿＿＿＿＿＿＿，
表現強大科技功能

＿＿＿＿＿＿＿＿＿：
外形與普通鋼筆差不多，筆端有不同
- → 液晶顯示器
- → ＿＿＿＿＿＿＿＿＿＿
- → 兩個顏色不一的小按鈕

＿＿＿＿＿＿＿＿
- → 紅色報警器能＿＿＿＿＿＿＿＿＿＿＿＿＿
- → 黃色按鈕能＿＿＿＿＿＿＿＿＿＿＿＿＿
- → 藍色按鈕能＿＿＿＿＿＿＿＿＿＿＿＿＿
- → 蓋上筆帽可以播放音樂

結尾 （第 　 段）
概括全文，表達＿＿＿＿
＿＿＿＿＿＿＿＿
→ 這可不是夢，讓我們一起努力將這支智能鋼筆創造出來吧

22. 我的童年 姜姝圻

佳作共賞

1　　我的童年是在農村渡過的。雖然現在我們全家都已移居澳洲，但是每當想起農村的生活，我總會細細地品味一番。

2　　我沐浴着溫暖的陽光，呼吸着泥土的芬芳，走進春天的田野。放眼望去，成片的麥苗，鬱鬱蔥蔥，金黃的油菜夾雜其間。它們將田野編織成了一塊黃綠相間的彩錦。那一隻五彩的蝴蝶穿梭其間，真是錦上添花。

3　　盛夏時節，葡萄熟了，一串連着一串，挨挨擠擠的。看着晶瑩透亮的葡萄，我們早已垂涎三尺，於是媽媽趕緊摘下一串，招待我們這些「小饞貓」。吃完了葡萄我們還覺得不滿足，於是又結伴來到屋後的瓜地裏，也不管是誰家的，摘上一個就迫不及待地吃起來。到了傍晚，天邊的彩霞讓人浮想聯翩，有的好像萬馬奔騰，有的如同羊羣漫步，有的彷彿龍飛鳳舞……真是美麗極了！

4　　夜幕降臨，一輪秋月掛在天邊，皎潔的月光灑滿了大地。遠處的樹林、山丘就像被鍍上了銀色的花邊。近處的小河也像刻意地打扮過一樣，光彩照人。就連水底的小魚也被這美麗的月夜所吸引，忍不住躍出水面，偷偷探出頭欣賞月色，結果在平靜的水面上留下了圈圈漣漪。

5　　在草木凋零的冬天，鄉村變得更加寂靜了，靜得只能聽見風吹枯葉的沙沙聲。但是偶爾飄散的雪花，也會讓

我們熱鬧一番。大家三五成羣地衝進雪地裏，互相追逐、嬉戲，直到累得氣喘吁吁，才會鑽進屋裏。

6　　　鄉村的生活帶給了我美好的回憶，也讓我多了一份濃濃的思鄉之情。在我眼裏，城市是美的，鄉村同樣也是美的。

導讀問題

(1)　作者喜歡自己的童年嗎？你怎麼知道？

_____

_____

(2)　作者為何懷念農村的生活？文中有沒有交代原因？

_____

精選佳句

1　成片的麥苗，鬱鬱蔥蔥，金黃的油菜夾雜其間。它們將田野編織成了一塊黃綠相間的彩錦。

2　天邊的彩霞讓人浮想聯翩，有的好像萬馬奔騰，有的如同羊羣漫步，有的彷彿龍飛鳳舞……真是美麗極了！

3　就連水底的小魚也被這美麗的月夜所吸引，忍不住躍出水面，偷偷探出頭欣賞月色。

思維導圖

現在，齊來整理文章的結構！

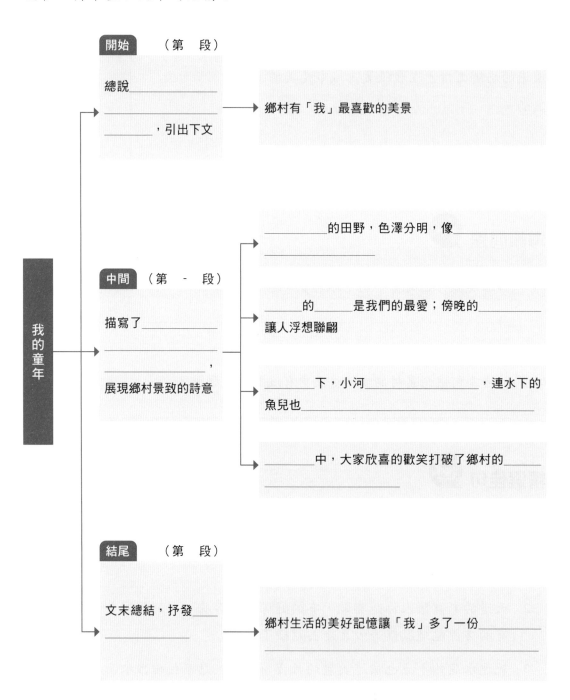

開始 （第　　段）

總說＿＿＿＿＿＿＿＿＿＿

＿＿＿＿＿＿＿＿＿＿，引出下文 → 鄉村有「我」最喜歡的美景

我的童年

中間 （第　-　段）

描寫了＿＿＿＿＿＿＿

＿＿＿＿＿＿＿＿＿＿，
展現鄉村景致的詩意

→ ＿＿＿＿＿＿＿的田野，色澤分明，像＿＿＿＿＿＿＿

＿＿＿＿＿＿＿

→ ＿＿＿＿的＿＿＿＿是我們的最愛；傍晚的＿＿＿＿＿
讓人浮想聯翩

→ ＿＿＿＿＿下，小河＿＿＿＿＿＿＿＿＿，連水下的
魚兒也＿＿＿＿＿＿＿＿＿＿＿＿＿

→ ＿＿＿＿＿中，大家欣喜的歡笑打破了鄉村的＿＿＿＿

結尾 （第　　段）

文末總結，抒發＿＿＿

＿＿＿＿＿＿＿＿ → 鄉村生活的美好記憶讓「我」多了一份＿＿＿＿＿

＿＿＿＿＿＿＿＿＿＿

23. 美麗的鴛鴦江　劉逸

佳作共賞

1　　我的家鄉廣西梧州有一條美麗的鴛鴦江，它是由西江和桂江交匯而形成的。西江的水非常混濁，因為它混有許多泥沙，像一條黃色的絲帶。而桂江的水碧澄透綠，清澈見底，色像翡翠，明如琉璃。兩條江一清一濁，交匯後形成「T」字，難怪此江得名叫鴛鴦江。

2　　凌晨，太陽還沒有出來，鴛鴦江上薄霧籠罩，猶如人間仙境。往江面上看，隱隱約約可以看見漁船在桂江和西江的交匯處捕魚。那裏有許多漩渦，水又急，雖然危險，但這湍急的水流會拍打出許多魚，漁船大多數就集中在這裏。漁船上的燈火點點閃爍，像天上的一顆顆星星。遠處，大山的文筆塔還燈光閃閃，彷彿是一位老人在觀看那美景。

3　　清晨，太陽出來了，放眼望去，江水緩緩流過，陽光灑滿江面，波光粼粼，涼爽的江風徐徐吹來，令人心曠神怡。這時候，漁船收網回家了，看着一大筐魚，漁民都笑嘻嘻的。漁船收工了，輪到一艘艘大貨船和運沙船，還有客船出來開工了。所有的船來來往往，川流不息，有時還會拉響汽笛，「嗚，嗚，嗚」。那汽笛聲真動聽，像一首交響樂曲。陽光灑在江面上，那江水泛着微波，反射着太陽的光芒，像一面面反光的鏡子。

4　　到了晚上，鴛鴦江就更美了。橫跨江面的鴛江大橋上，一盞盞霓虹燈，紅的、黃的、綠的、紫的、藍的……

那五彩繽紛的燈光和美麗的景象倒映在鴛鴦江上，隨着微風晃動，給人一種恍如隔世的錯覺。

5　　鴛鴦江這麼美麗，古往今來有許多名人到過這裏，還有個詩人寫下了「鴛鴦秀水世無雙」的詩句。我愛鴛鴦江的美景，我愛我的家鄉。

導讀問題 💬

(1)　作者描繪了鴛鴦江哪些時分的美景？

_____

(2)　文中運用了不少比喻手法，試根據文章內容，寫出以下事物的喻體。

① 桂江的水色：_____

① 陽光照射着的江面：_____

① 桂江的清水：_____

① 漁船上的燈火：_____

① 文筆塔：_____

① 汽笛聲：_____

(3)　除了要呈現鴛鴦江詩情畫意的美外，本文還有甚麼寫作目的？

_____

_____

精選佳句

1 桂江的水碧澄透綠，清澈見底，色像翡翠，明如琉璃。

2 陽光灑滿江面，波光粼粼，涼爽的江風徐徐吹來，令人心曠神怡。

思維導圖

現在，齊來整理文章的結構！

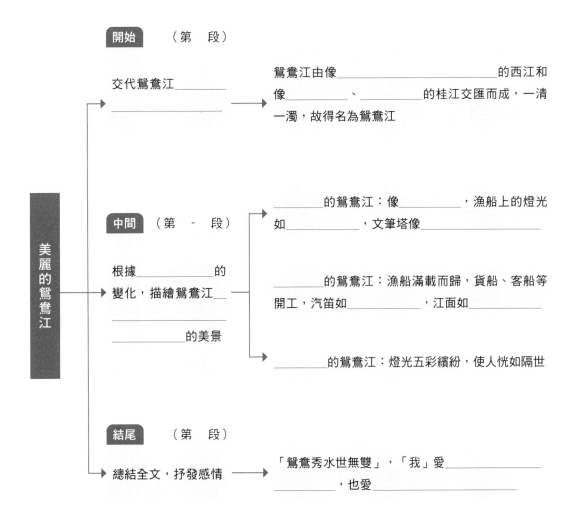

24. 春雨霏霏　施歌

佳作共賞

寫作手法

1　　正是仲春時節，那淅淅瀝瀝的春雨下個不停。那絲絲春雨，正哺育着剛剛蘇醒的大地，它是那麼迷人，那麼動人。

2　　你看，雨絲如一根根牛毛，又如千萬根銀針，落在水面，激起十分優雅的細小的漣漪。我曾給媽媽猜過一個謎：「千條線，萬條線，落在水裏看不見。」媽媽毫不費勁地脫口而出：「那是雨。」

3　　春雨滴落在花瓣上，使本來就嫵媚動人的花，更顯得無比妖嬈；春雨滴落在草葉上，使本來就碧綠的嫩葉，更顯得生機勃勃；春雨滴落在柳葉上，柳葉無比高興地在風中盡情地向人們展現她那纖細的黛眉，而柳枝在春風中更顯得婀娜多姿──世上萬物，在春雨的點綴下，都別有一番情趣，綿綿春雨，為大地增添了五彩的一筆。

4　　連綿不斷的春雨，不僅點綴了大地，而且還讓地下的種子吸取了充足的水分，開始急速萌發。你說春雨是甚麼味道？要我說，是甜的、香的，因為我已經聞到了稻麥瓜果成熟的氣息。

5　　記得《絲絲春雨》一文的結尾裏這樣寫道：春雨是天上落下的蜂蜜，春雨是仙女灑下的花瓣。而我要說，春雨是勤勞的農民流下的汗滴。是呀，春雨，只有孕育了整整一個冬季，才有這樣的詩情畫意，才有這樣的盎然情趣。

6 　　春雨，喚發了人們的滿腔激情。你看吧，操場上，小夥子們還在踢足球；草坪上，孩子們還在嬉戲追逐；池塘邊，人們戴着草帽還在安詳地垂釣⋯⋯

7 　　「一年之計在於春」。面對霏霏春雨，我想，我要珍惜這大好時光，抓緊時間，好好學習，不辜負大自然給我的恩賜。

導讀問題 💬

(1)　為甚麼作者認為春雨迷人及動人呢？

＿＿＿＿＿＿＿＿＿＿＿＿＿＿＿＿＿＿＿＿＿＿＿＿

＿＿＿＿＿＿＿＿＿＿＿＿＿＿＿＿＿＿＿＿＿＿＿＿

(2)　春雨有何特色？

＿＿＿＿＿＿＿＿＿＿＿＿＿＿＿＿＿＿＿＿＿＿＿＿

(3)　作者藉春雨帶出甚麼信息？你認同作者的想法嗎？

＿＿＿＿＿＿＿＿＿＿＿＿＿＿＿＿＿＿＿＿＿＿＿＿

＿＿＿＿＿＿＿＿＿＿＿＿＿＿＿＿＿＿＿＿＿＿＿＿

精選佳句 ☑

1　雨絲如一根根牛毛，又如千萬根銀針，落在水面，激起十分優雅的細小的漣漪。

2　春雨滴落在花瓣上，使本來就嫵媚動人的花，更顯得無比妖嬈。

思維導圖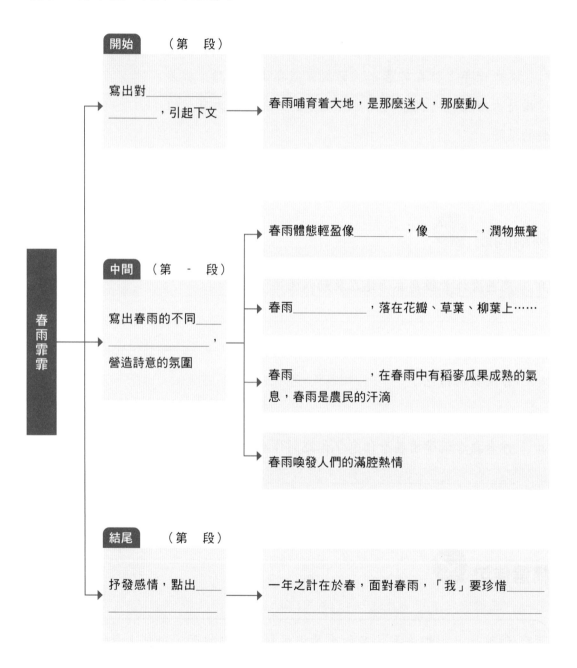

現在，齊來整理文章的結構！

春雨霏霏

開始 （第　　段）

寫出對＿＿＿＿＿＿＿＿＿＿，引起下文 → 春雨哺育着大地，是那麼迷人，那麼動人

中間 （第　-　段）

寫出春雨的不同＿＿＿＿＿＿＿＿＿＿＿，營造詩意的氛圍

→ 春雨體態輕盈像＿＿＿＿＿，像＿＿＿＿＿，潤物無聲

→ 春雨＿＿＿＿＿＿＿，落在花瓣、草葉、柳葉上……

→ 春雨＿＿＿＿＿＿＿，在春雨中有稻麥瓜果成熟的氣息，春雨是農民的汗滴

→ 春雨喚發人們的滿腔熱情

結尾 （第　　段）

抒發感情，點出＿＿＿＿＿＿＿＿＿＿ → 一年之計在於春，面對春雨，「我」要珍惜＿＿＿＿＿＿＿＿＿＿

25. 廣東三娘灣　鍾其卓

佳作共賞

寫作手法

1　　朋友，如果你沒有領略過風情萬種的三娘灣，那麼，請你到三娘灣來。

2　　三娘灣之美，美在沙灘。這裏的沙灘綿延幾公里，呈彎月狀，美麗極了。沙灘上的沙既白淨，又柔軟，赤着腳踩上去軟綿綿的，感覺很舒服。沙灘上栽種着一棵棵高大的大麻黃，鬱鬱蔥蔥，猶如一把把綠絨大傘。樹下，三五成羣的小朋友在堆城堡，堆摩天大廈，堆各種小動物⋯⋯而大人則躺在銀光閃閃的沙灘上，一邊談笑風生，一邊享受着陽光浴，一切都是那麼愜意。

3　　三娘灣之美，美在碧海。碧波萬里的大海可漂亮了。近處的海水呈淡綠色，水裏的小魚、小蝦、小螃蟹、小海螺，清晰可見；遠一點的海水呈碧綠色，碧綠的海面上，海浪起起伏伏，像是一塊巨大的綠綢在舞動。點點船影，飛翔的海鳥，彷彿給綠綢繡上了美麗的圖案；再遠一點的海水是墨綠色，碧海無垠，水天一色，分不清哪裏是海，哪裏是天。傍晚時分，海水漲潮，一浪高過一浪，排山倒海，驚濤拍岸，湧向沙灘，非常壯觀，簡直是一幅氣勢磅礴的風景圖。

4　　三娘灣之美，美在奇石。這裏的每一塊奇石都有一個美麗的傳說，都蘊藏着一個動人的故事，海狗石、母豬石、大涯石、鴛鴦石⋯⋯它們靜靜地臥在海面上，看海上潮起潮落，天邊雲卷雲舒。

5　　　朋友，請你到三娘灣來。美麗的三娘灣，會讓你的心情放飛，思緒奔湧……

導讀問題 💬

(1)　三娘灣的美在哪裏？

_____

(2)　作者用了甚麼手法來突出三娘灣不同方面的美景？

_____

(3)　作者在篇首及篇末有何呼籲？在結構上，這是甚麼手法？

_____

_____

精選佳句 ☑

1　點點船影，飛翔的海鳥，彷彿給綠綢繡上了美麗的圖案。

2　海水漲潮，一浪高過一浪，排山倒海，驚濤拍岸，湧向沙灘，非常壯觀。

3　它們靜靜地臥在海面上，看海上潮起潮落，天邊雲卷雲舒。

思維導圖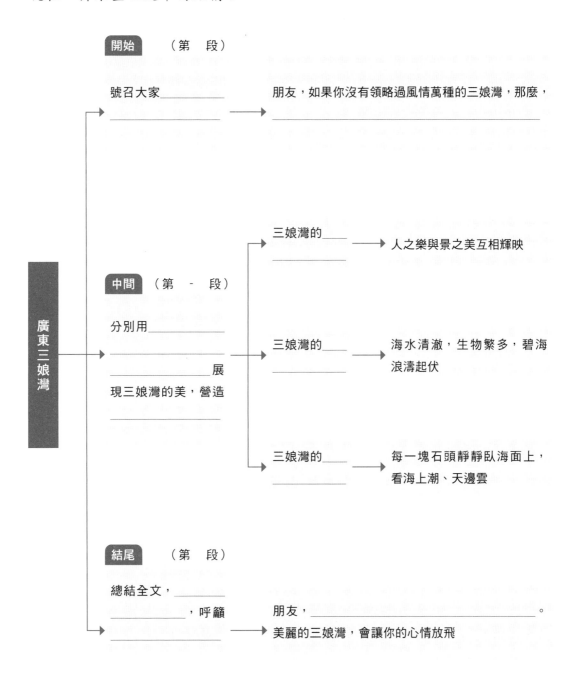

現在，齊來整理文章的結構！

開始 （第　　段）

號召大家＿＿＿＿＿
＿＿＿＿＿＿＿＿＿　→　朋友，如果你沒有領略過風情萬種的三娘灣，那麼，
　　　　　　　　　　　＿＿＿＿＿＿＿＿＿＿＿＿＿＿＿＿＿＿＿

中間 （第　-　段）

分別用＿＿＿＿＿＿＿
＿＿＿＿＿＿＿＿＿展
現三娘灣的美，營造
＿＿＿＿＿＿＿＿＿

三娘灣的＿＿＿＿
＿＿＿＿＿＿　→　人之樂與景之美互相輝映

三娘灣的＿＿＿＿
＿＿＿＿＿＿　→　海水清澈，生物繁多，碧海
　　　　　　　　浪濤起伏

三娘灣的＿＿＿＿
＿＿＿＿＿＿　→　每一塊石頭靜靜臥海面上，
　　　　　　　　看海上潮、天邊雲

結尾 （第　　段）

總結全文，＿＿＿＿
＿＿＿＿＿＿，呼籲　　　朋友，＿＿＿＿＿＿＿＿＿＿＿＿＿＿。
＿＿＿＿＿＿　→　美麗的三娘灣，會讓你的心情放飛

廣東三娘灣

26. 蘇州香雪海 錢婧

佳作共賞

寫作手法

1 江南三月，正是梅花怒放的時節。我來到著名的賞梅勝地──蘇州光福鎮香雪海。沿着串串燈籠高掛的道路一直向前走，就到了香雪海門口。

2 還沒進門，迎面先撲來一陣清香，那清香純淨疏淡，令人心曠神怡。走進院門，首先映入眼簾的是漫山遍野的梅花。遠遠望去，粉若雲霞，白如雪花，紅似烈火⋯⋯這裏是梅花的海洋。這些梅樹姿態萬千，有的斜伸出枝幹，如同熱情的主人伸出手臂，在歡迎賓客的到來；有的婀娜多姿，恰似亭亭玉立的少女；有的低垂下身軀，猶如駝背的老奶奶⋯⋯一株株，一叢叢，疏疏密密，各有各的美麗，各有各的韻致。

3 我走近一叢紅梅，仔細端詳着，樹枝上的梅花有的含苞待放，有的開得正旺，有的半開半合。那花粉裏透白，白裏透黃，花瓣潤澤透明，陣陣清香沁人心脾。這清香引來了一羣羣的蜜蜂，牠們披着朝陽的霞衣，在花間嬉戲。我沿着蜿蜒的小徑向山上走去，不時有凋落的花瓣落在我的肩頭。

4 穿過紅梅叢，我來到了「滿天星」。這是一個綠盈盈的小池塘，因為常有五彩繽紛的梅花隨風飄落於池中，像天上的點點繁星墜落池面，故得名「滿天星」。我坐在池邊的一塊石頭上，觀賞着池中的花瓣，紅的、白的、粉

的、黃的……默默中，我彷彿覺得這些花瓣在朝我眨眼睛。哦，多美的春光呀！

5　　放眼四望，我發現身處花海中的人們都顯得格外幸福。有的老夫婦依偎着坐在花叢中歇息，時而閉上眼睛靜靜地吮吸着花香；有的年輕姑娘獨自一人漫步在梅花叢中，任由花瓣灑落一身，似乎在盡情感受花雨的溫馨；還有幾個天真的小孩「咯咯」地笑個不停，快樂地依靠在盛開的花枝旁留影。我真分不清是笑臉映紅了梅花，還是梅花映紅了笑臉，只感到在花的海洋中，梅花愈來愈多……

6　　徜徉於這樣的美麗花海，怎不叫人感到快意？

導讀問題 💬

(1)　作者是定在一個位置去觀賞梅花嗎？若不是，他是如何觀賞的？

_____

_____

(2)　除了梅花，為何作者還描述一羣羣的蜜蜂及不同遊人的情況？這有甚麼好處？

_____

_____

精選佳句

1. 遠遠望去，粉若雲霞，白如雪花，紅似烈火⋯⋯這裏是梅花的海洋。

2. 我真分不清是笑臉映紅了梅花，還是梅花映紅了笑臉，只感到在花的海洋中，梅花愈來愈多⋯⋯

思維導圖

現在，齊來整理文章的結構！

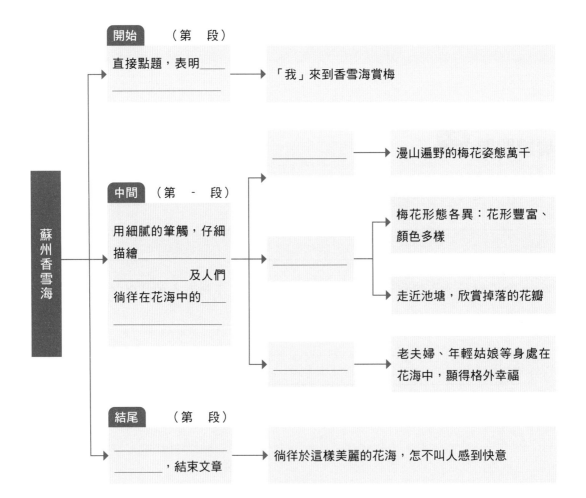

27. 田園好風光　陳碩

佳作共賞

1　「出發嘍！」經過一天的準備，我終於懷着喜悅的心情，在爸爸媽媽的帶領下，向田園風光進發。

2　車子到達終點站，迎接我們的是一條石子與泥土混合的路，道路兩邊開滿叫不出名字的小花，一股夾雜着泥土氣息的清新空氣撲面而來。一路上，我哼着小曲，左看看，右瞧瞧，像一隻出籠的小鳥，好奇地打量着周圍的環境，興奮得大喊大叫。那高興的滋味，像太平山頂噴水池的小泡泡，一串接一串地浮了出來，把我的心填得滿滿的。細碎的陽光透過樹蔭，像金子般灑落一地，也把我的心情渲染得金燦燦的。

3　遠處的高山，墨綠墨綠的。清澈的山澗泉水哼着叮叮咚咚的樂曲，歡快地流淌。山腰的薄霧在朝陽的照耀下，像一條玉帶繫在大山綠色的長裙上。望着這令人心曠神怡的景色，我的心靈便被徹底洗禮，所有的煩惱都跑得無影無蹤了。

4　「碩碩，你看那個東西……」突然，媽媽像發現新大陸似的，指着一間農舍前的一個木架子，對我說：「那個啊，叫『轆轤』，打水用的，從井中往上提水的。」媽媽彷彿陷入童年的回憶，絮絮叨叨地說，「小時候，我們還為它編了一首歌謠：『奇怪，奇怪，真奇怪，腸子長在肚皮外』。」聽着媽媽的敘述，我又回頭看了一眼那個轆轤，那棕黃色的轆轤輥上，纏繞着一圈圈繩子，在繩子的

下方，吊着一個水桶。這個我從未見過的東西深深地印在我的腦子裏。

5　　不一會兒，我又發現遠處有一塊很奇怪的農田，像樓梯一般，一層比一層高，宛如一塊潤澤的翡翠，閃着淡綠的光。媽媽又開始充當「解說員」，告訴我說：「這是梯田，在山坡上用梯田種植農作物，可以防止植物被雨水沖掉。」

6　　我望着樸素的農舍，綠油油的梯田，以及我平時只在書上看到的耕牛，覺得這一切彷彿是一幅彩色的油畫。這裏沒有城市那越來越快的生活節奏，給人一種悠然自得的感受；這裏也沒有城市那五光十色、令人眼花繚亂的街道和樓房，給人一種樸實無華的感覺。比起城市，那種淳樸和自然令人神清氣爽。

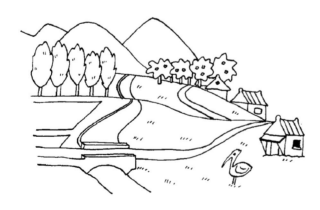

導讀問題 💬

(1) 田園風光帶給作者甚麼感受？

_____

(2) 作者在描述景色時，運用了比喻，使所描繪的景色更優美及吸引。試指出以下喻體的本體是甚麼。

樓梯＝_____

翡翠＝_____

玉帶＝_____

金子＝_____

(3) 作者發現農村與城市有何不同？

_____

_____

_____

精選佳句 ☑️

---

1 細碎的陽光透過樹蔭，像金子般灑落一地，也把我的心情渲染得金燦燦的。

2 農田像樓梯一般，一層比一層高，宛如一塊潤澤的翡翠，閃着淡綠的光。

思維導圖

現在，齊來整理文章的結構！

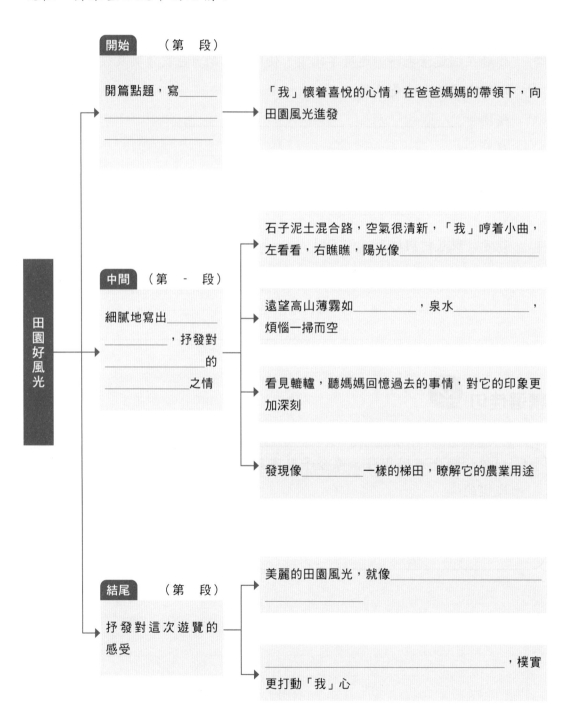

開始（第　段）

開篇點題，寫＿＿＿＿＿＿
＿＿＿＿＿＿＿＿＿＿＿
＿＿＿＿＿＿＿＿＿＿＿

→「我」懷着喜悅的心情，在爸爸媽媽的帶領下，向田園風光進發

田園好風光

中間（第　-　段）

細膩地寫出＿＿＿＿＿＿
＿＿＿＿＿＿＿，抒發對
＿＿＿＿＿＿＿＿＿＿的
＿＿＿＿＿＿＿＿＿之情

→ 石子泥土混合路，空氣很清新，「我」哼着小曲，左看看，右瞧瞧，陽光像＿＿＿＿＿＿＿＿＿＿

→ 遠望高山薄霧如＿＿＿＿＿＿，泉水＿＿＿＿＿＿＿，煩惱一掃而空

→ 看見轆轤，聽媽媽回憶過去的事情，對它的印象更加深刻

→ 發現像＿＿＿＿＿＿一樣的梯田，瞭解它的農業用途

結尾（第　段）

抒發對這次遊覽的感受

→ 美麗的田園風光，就像＿＿＿＿＿＿＿＿＿＿＿
＿＿＿＿＿＿＿＿＿

→ ＿＿＿＿＿＿＿＿＿＿＿＿＿＿＿＿＿＿，樸實更打動「我」心

28. 音樂遊戲 佚名

佳作共賞

1   老爸閒暇時，喜歡聽中國音樂。一天，見我閒着沒事，老爸心血來潮，拿出一張中國音樂光盤，興致勃勃地對我說：「我們來做個音樂遊戲怎麼樣？我放一支曲子，你來給曲子起個名吧，看看和光盤上的題目是否吻合，說錯了沒關係。」我一聽便泄了氣，心想：老爸啊老爸，你明明知道我不太喜歡音樂，沒有多少音樂細胞，連流行曲也絕少聆聽，還要讓我做這種遊戲，不是全心為難我嗎？

2   正尋思着，耳邊已飄來了悅耳的音樂。一向給人感覺幽怨的琵琶聲，竟彈撥出了少有的歡快、熱烈。伴隨着悠遠的長笛聲、歡快的鼓點聲，我彷彿看見夕陽西下，陽光像金子一般灑落在河面上，一個小牧童悠閒地騎在牛背上與牛玩耍。那頭牛呢，似乎正玩得不亦樂乎，甩了甩尾巴，「哞哞」地叫着。牛背着小牧童，輕快地在田野上奔跑起來，牧童掏出一支短笛，閉上眼睛無憂無慮地吹着。清脆的笛聲和着嘈嘈切切的琵琶聲，時而舒緩、時而歡快、時而低沉。小牧童越吹越起勁，整個身子也不由自主地搖晃了起來。漸漸地，小牧童吹累了。笛聲戛然而止，琵琶聲慢了，更慢了，漸漸地停止了。田野四周靜悄悄的，大自然彷彿沉沉地入睡了。

3   我呢，正聽得入迷，還沒有發覺老爸規定的回答時間已到。直到老爸問我，我才支支吾吾、有些不確定地說：「喜悅。」「甚麼？再說一遍。」老爸的臉上有了笑容。

這次，我提高了嗓門：「喜悅。」老爸一聽，激動地從椅子上跳了起來，拍着手說：「對！對！你不是起得很好嗎，原來的題目叫《歡慶》，你對這首曲子理解得不錯。」我心裏暗自慶幸：總算闖過了一關！

4　　自從老爸讓我猜了一次以後，他便一發不可收拾。只要看到我有空，他便會笑着說：「來，再來猜一首試試。」我呢，也不再膽怯了，沉浸在音樂的氛圍中，想到甚麼就說甚麼。

5　　音樂遊戲成了我空暇時的消遣，不知不覺，我也喜歡聽音樂了！

導讀問題 💬

(1)　作者為甚麼認為爸爸是有心為難他呢？

_____

(2)　為甚麼作者把曲子起名為「喜悅」？

_____

_____

(3)　為甚麼作者由「不太喜歡音樂」變為「喜歡聽音樂」呢？

_____

_____

精選佳句

1 我彷彿看見夕陽西下，陽光像金子一般灑落在河面上。

2 田野四周靜悄悄的，大自然彷彿沉沉地入睡了。

思維導圖

現在，齊來整理文章的結構！

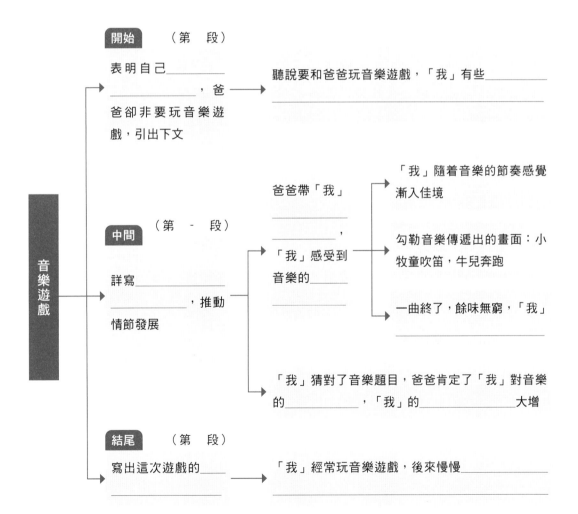

音樂遊戲

開始　（第　段）

表明自己＿＿＿＿＿＿＿＿＿＿，爸爸卻非要玩音樂遊戲，引出下文

→ 聽說要和爸爸玩音樂遊戲，「我」有些＿＿＿＿＿＿＿＿＿＿＿＿＿＿＿＿

中間　（第 - 段）

詳寫＿＿＿＿＿＿＿＿＿＿＿＿＿，推動情節發展

爸爸帶「我」＿＿＿＿＿＿＿＿＿，「我」感受到音樂的＿＿＿＿＿＿

→ 「我」隨着音樂的節奏感覺漸入佳境

→ 勾勒音樂傳遞出的畫面：小牧童吹笛，牛兒奔跑

→ 一曲終了，餘味無窮，「我」＿＿＿＿＿＿＿＿＿

「我」猜對了音樂題目，爸爸肯定了「我」對音樂的＿＿＿＿＿＿＿，「我」的＿＿＿＿＿＿＿大增

結尾　（第　段）

寫出這次遊戲的＿＿＿＿＿＿＿＿＿＿＿

→ 「我」經常玩音樂遊戲，後來慢慢＿＿＿＿＿＿＿＿

29. 和時間賽跑　林清玄

佳作共賞

1　　讀小學的時候，我的外祖母去世了。外祖母生前最疼愛我。我無法排除自己的憂傷，每天在學校的操場上一圈一圈地跑着，跑得累倒在地上，撲在草坪上痛哭。

2　　那哀痛的日子持續了很久，爸爸媽媽也不知道如何安慰我。他們知道與其欺騙我說外祖母睡着了，還不如對我說實話：外祖母永遠不會回來了。

3　　「甚麼是永遠不會回來了呢？」我問。

4　　「所有時間裏的事物，都永遠不會回來了。你的昨天過去了，它就永遠變成昨天，你再也不能回到昨天了。爸爸以前和你一樣小，現在再也不能回到你這麼小的童年了。有一天你會長大，你也會像外祖母一樣老，有一天你渡過了你的所有時間，也會像外祖母永遠不能回來了。」爸爸說。

5　　爸爸等於給我一個謎語，這個謎比「一寸光陰一寸金，寸金難買寸光陰」還讓我感到可怕，比「光陰似箭，日月如梭」更讓我覺得有一種說不出的滋味。

6　　以後，我每天放學回家，在庭院裏看着太陽一寸一寸地沉進了山頭，就知道一天真的過完了。雖然明天還會有新的太陽，但永遠不會有今天的太陽了。

7　　我看到鳥兒飛到天空，牠們飛得多快呀。明天牠們

再飛過同樣的路線，也永遠不是今天了。或許明天再飛過這條路線，不是老鳥，而是小鳥了。

8　　時間過的飛快，使我的小心眼裏不只是着急，還有悲傷。有一天我放學回家，看到太陽快落山了，就下決心說：「我要比太陽更快回家。」我狂奔回去，站在庭院裏喘氣的時候，看到太陽還露着半邊臉，我高興地跳起來。那一天我跑贏了太陽。以後我常做這樣的遊戲，有時和太陽賽跑，有時和西北風比賽，有時一個暑假的作業，我十天就做完了。那時我三年級，常把哥哥五年級的作業拿來做。每一次比賽勝過時間，我就快樂得不知道怎麼形容。

9　　後來的二十年裏，我因此受益無窮。雖然我知道人永遠跑不過時間，但是可以比原來跑快一步，如果加把勁，有時可以快好幾步。那幾步雖然很小很小，用途卻很大很大。

10　　如果將來我有甚麼要教給我的孩子，我會告訴他：假若你一直和時間賽跑，你就可以成功。

導讀問題 💬

(1)　為甚麼作者在首段提及外祖母去世的事？

_____

_____

(2)　第 6 段說：「雖然明天還會有新的太陽，但永遠不會有今天的太陽了。」
明天的太陽與今天的太陽有甚麼不同？這話是甚麼意思？

_____

_____

(3)　作者為何要與時間賽跑？

_____

_____

精選佳句 ☑

1　我每天放學回家，在庭院裏看着太陽一寸一寸地沉進了山頭，就知道一天真的過完了。

2　我狂奔回去，站在庭院裏喘氣的時候，看到太陽還露着半邊臉，我高興地跳起來。

3　假若你一直和時間賽跑，你就可以成功。

思維導圖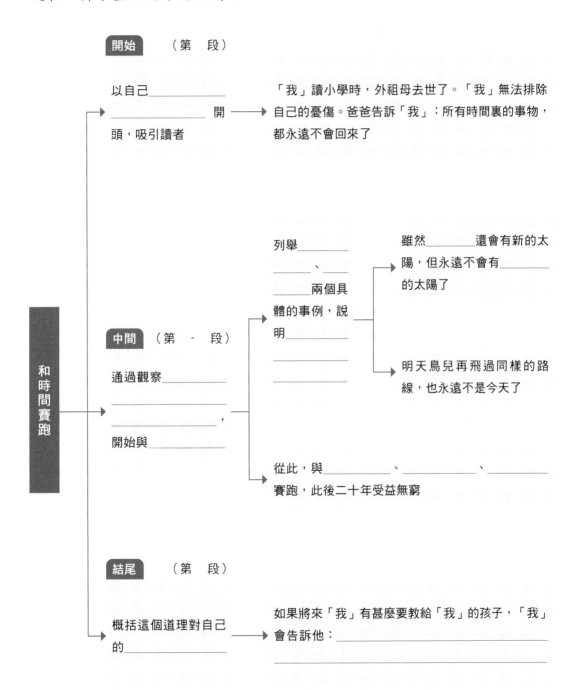

現在，齊來整理文章的結構！

開始 （第　　段）

以自己＿＿＿＿＿＿＿＿
＿＿＿＿＿＿＿＿＿＿ 開
頭，吸引讀者

→ 「我」讀小學時，外祖母去世了。「我」無法排除
自己的憂傷。爸爸告訴「我」：所有時間裏的事物，
都永遠不會回來了

和時間賽跑

中間 （第 - 段）

通過觀察＿＿＿＿＿＿＿
＿＿＿＿＿＿＿＿＿＿＿，
開始與＿＿＿＿＿＿

→ 列舉＿＿＿＿＿
＿＿＿＿ 、 ＿＿＿
＿＿＿＿兩個具
體的事例，說
明＿＿＿＿＿＿＿
＿＿＿＿＿＿＿＿
＿＿＿＿＿＿＿＿

→ 雖然＿＿＿＿＿還會有新的太
陽，但永遠不會有＿＿＿＿＿＿
的太陽了

→ 明天鳥兒再飛過同樣的路
線，也永遠不是今天了

從此，與＿＿＿＿＿ 、 ＿＿＿＿＿＿ 、 ＿＿＿＿＿＿
賽跑，此後二十年受益無窮

結尾 （第　　段）

概括這個道理對自己
的＿＿＿＿＿＿＿＿＿

→ 如果將來「我」有甚麼要教給「我」的孩子，「我」
會告訴他：＿＿＿＿＿＿＿＿＿＿＿＿＿＿＿＿＿
＿＿＿＿＿＿＿＿＿＿＿＿＿＿＿＿＿＿＿＿＿＿＿

30. 一分鐘　胡溶

佳作共賞

1　　各位同學，你們體驗過一分鐘有多長嗎？知道答案的人並不多吧！呵呵！我就知道答案，因為媽媽的一次實驗讓我對「一分鐘」有了切身的體驗。

2　　一天晚上，媽媽拿來一隻小鬧鐘，叫我盯着它看一分鐘，並提出了一個小小的要求：不許眨眼睛。哈哈！這太簡單了！我雙眼一眨不眨地盯着秒針。「滴答、滴答、滴答……」鬧鐘發出的聲音宛如一支歡快的歌。但好景不長，我的眼睛有點累了，可鬧鐘卻依然不緊不慢地一格一格地往前走着。看着它懶洋洋的樣子，我的眼睛越來越累，心裏也越來越着急：秒針啊秒針，你怎麼走得這麼慢呢？不好，我的眼睛開始流淚了！我多麼希望秒針能走得快點，可它還是一步一步、不慌不忙地走着。又過了一段時間，終於聽到了媽媽天籟一樣的聲音：「時間到！」我舒了一口氣，趕緊用手狠狠地揉了揉脹痛的眼睛。哎呀，一分鐘太長了！好像過了一兩個小時似的。

3　　接着，媽媽叫我吃牛肉，時間一分鐘，規則是一次只能吃一片。牛肉可是我的最愛，我趕緊用筷子夾起一片塞進嘴裏，使勁地嚼呀嚼呀……我多麼希望秒針走得和剛才一樣慢，讓我把一盤香噴噴的牛肉全都吃完！可就在我剛吃完第二片牛肉時，媽媽宣佈：「一分鐘，時間到！」啊？這一分鐘也太短了吧！我才吃了兩片牛肉而已。

4　　最後，媽媽叫我看一分鐘電視，頻道自己選。我拿起遙控器，調到了「少兒頻道」。嘩！我最喜愛的電視節目《快樂小陽帆》正在播放。我盯着電視屏幕津津有味地看了起來，可電視裏的小朋友才說了幾句話，媽媽的聲音就又傳來了：「一分鐘到！」怎麼？看電視的時間比吃牛肉的時間還要短呀。

5　　唉！一分鐘呀一分鐘，我真拿你沒辦法！等待的時候顯得太長，好好利用的時候顯得太短。一分鐘，你到底是長還是短？真讓人難以捉摸！

導讀問題 💬

(1)　作者說：「一分鐘太長了！」後來又說：「一分鐘太短了！」他是否自相矛盾？

_____

(2)　在甚麼情形下一分鐘會顯得太長或太短？

_____

精選佳句 ☑

1　鬧鐘發出的聲音宛如一支歡快的歌。

2　看着它懶洋洋的樣子，我的眼睛越來越累，心裏也越來越着急：秒針啊秒針，你怎麼走得這麼慢呢？

思維導圖

現在，齊來整理文章的結構！

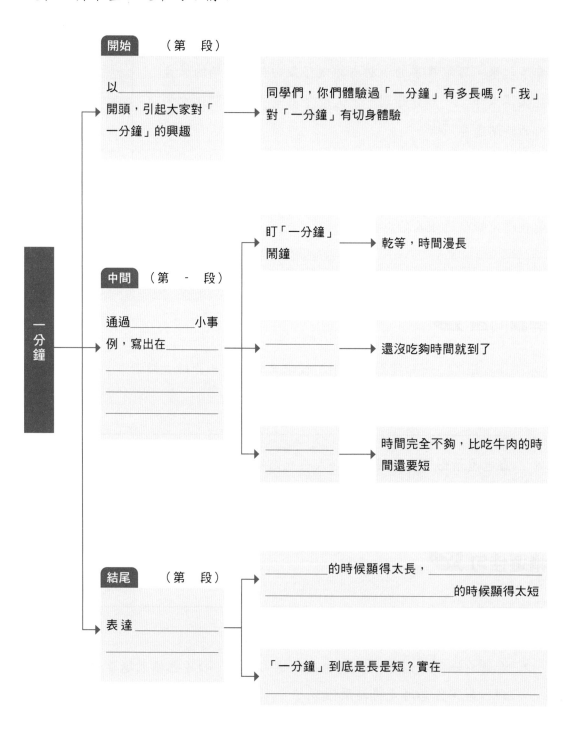

一分鐘

開始（第　　段）

以＿＿＿＿＿＿＿
開頭，引起大家對「
一分鐘」的興趣

→ 同學們，你們體驗過「一分鐘」有多長嗎？「我」
對「一分鐘」有切身體驗

中間（第　－　段）

通過＿＿＿＿小事
例，寫出在＿＿＿＿
＿＿＿＿＿＿＿＿＿
＿＿＿＿＿＿＿＿＿
＿＿＿＿＿＿＿＿＿

盯「一分鐘」
鬧鐘 → 乾等，時間漫長

＿＿＿＿＿
＿＿＿＿＿ → 還沒吃夠時間就到了

＿＿＿＿＿
＿＿＿＿＿ → 時間完全不夠，比吃牛肉的時
間還要短

結尾（第　　段）

表達＿＿＿＿＿＿＿
＿＿＿＿＿＿＿＿＿

＿＿＿＿＿＿的時候顯得太長，＿＿＿＿
＿＿＿＿＿＿＿＿＿＿的時候顯得太短

「一分鐘」到底是長是短？實在＿＿＿＿
＿＿＿＿＿＿＿＿＿＿＿＿＿＿＿＿＿＿＿

31. 學品茶　徐媛

佳作共賞

寫作手法

1　　今天，我向姐姐借了一本書。我看了其中《說茶》這篇文章，特別喜歡第四段的內容，裏面提到喝茶時要講究色、香、味，還詳細介紹了品茶的三個步驟。看完後，我把書還給姐姐，然後便依葫蘆畫瓢學着品起茶來。

2　　我從房間裏拿出一隻透明的玻璃杯，放入少許茶葉，接着倒入剛燒開的水。茶葉先是像受驚的魚兒一樣，在水裏轉來轉去，活蹦亂跳，然後便緩緩地落下，又好像變成了一隻蝴蝶在飛舞。我瞪大眼睛仔細觀察着，杯子裏的茶葉猶如海底細細長長的綠色植物，覆蓋了杯底。那些仍漂浮在水面的茶葉彷彿是剛學會游泳的女孩子，由於膽小，怎麼也不肯潛入水裏。

3　　在我的眼中，每一片茶葉都像盛開的綠色小花，各有各的姿態，美不勝收。原先透明無色的開水不經意間已被染成綠汪汪的一片，綠得那麼醉人，那麼賞心悅目。

4　　我泡茶是「照方抓藥」，剛才是「觀茶姿」，接着「聞茶香」。我使盡力氣，深深吸了一口氣，差點把鼻子碰在茶杯上。我聞到的香味，真是無法用語言來表達，清香飄逸。「天大地大中國最大，天香地香龍井茶最香。」我脫口而出這句順口溜，逗得剛踏進門的姐姐忍不住撲哧笑了起來。她看着我貪婪的樣子，說想起了《西遊記》裏偷吃西瓜的豬八戒。我裝着生氣的樣子，狠狠地瞪了她一眼。

5　　　最後，我開始「品茶醇」，還沒碰到茶杯已經「垂涎三尺」了。我顧不得擦去嘴邊的口水，輕輕地嘗了一口。好喝！真像書上說的那樣，「回味甘甜」！

6　　　原來，品茶也是一門「藝術」，需要按部就班地進行，一步順序也亂不得。在品茶的過程中，還能感受到茶葉的不同變化，真的很神奇！這下，我可真當了一回品茶的「雅士」呢。

導讀問題 💬

(1)　作者從哪三方面品茶？哪方面他描寫得最詳細？

_____

_____

(2)　品茶為甚麼是一門藝術？

_____

_____

精選佳句 ☑

1　茶葉先是像受驚的魚兒一樣，在水裏轉來轉去，活蹦亂跳，然後便緩緩地落下，又好像變成了一隻蝴蝶在飛舞。

2　杯子裏的茶葉猶如海底細細長長的綠色植物，覆蓋了杯底。

思維導圖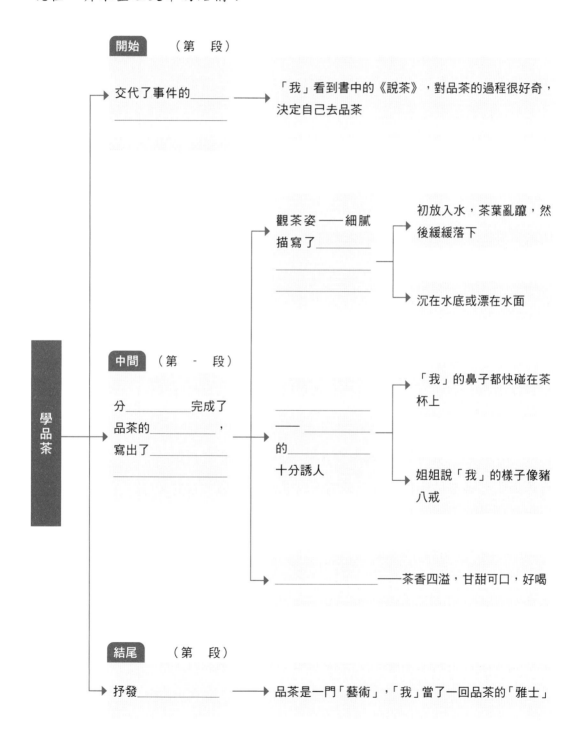

現在，齊來整理文章的結構！

開始　（第　　段）

→ 交代了事件的_____
_____ → 「我」看到書中的《說茶》，對品茶的過程很好奇，決定自己去品茶

中間　（第　-　段）

分_____完成了
品茶的_____，
寫出了_____
_____

→ 觀茶姿——細膩
描寫了_____
_____
_____

→ 初放入水，茶葉亂躍，然後緩緩落下

→ 沉在水底或漂在水面

→ _____
—— _____
的_____
十分誘人

→ 「我」的鼻子都快碰在茶杯上

→ 姐姐說「我」的樣子像豬八戒

→ _____——茶香四溢，甘甜可口，好喝

結尾　（第　　段）

→ 抒發_____ —— 品茶是一門「藝術」，「我」當了一回品茶的「雅士」

學品茶

113

32.「加油」雙簧記　劉小璿

佳作共賞

1　　暑假裏的一天，爸爸和媽媽都去上班了，家裏只剩下我和哥哥。我靈機一動，嘿嘿，乾脆偷偷學做一道菜，讓爸爸、媽媽回來之後大吃一驚！

2　　哥哥想了一會兒，撓了撓頭，說：「乾脆做道西紅柿炒雞蛋吧，又簡單又好吃。」好主意！說幹就幹。可沒一會兒，哥哥就跑到客廳去看球賽了。我生氣地說：「討厭鬼，光說不練，就知道看籃球比賽！」

3　　呀，這可怎麼辦？我可是大姑娘上花轎，頭一回下廚房啊。突然，我心生一計，說：「哥，如果你現在幫我做菜的話，我就把我的籃球送給你。」哥哥一聽，樂得一蹦三尺高，咧着嘴，笑嘻嘻地說：「真的？說話可要算數，不許反悔啊！」我心裏暗暗高興，不管怎樣先把菜炒好了再說。

4　　哥哥煞有介事地來到廚房，坐在一把靠近窗戶的椅子上，有模有樣地指揮我「戰鬥」。先切西紅柿，打了兩隻雞蛋，在鍋內放入一點油，我剛準備將西紅柿放入鍋中翻炒，忽然聽到哥哥的命令：「加油！加油！快點！」我有些丈二和尚──摸不着頭腦，油不是剛剛已經放過了嗎？我一邊放油，一邊納悶兒地嘀咕着：「幹嗎放那麼多油呀？」「加油，加油，快加油！」咦，奇怪，哥哥怎麼還讓我加油呢？我更納悶兒了。轉過頭一看，原來老哥正

目不轉睛地透過廚房的窗戶盯着電視中的籃球比賽呢！原來老哥所說的「加油」是球賽啊！

5　　唉，油加多了，西紅柿炒過了頭，變成西紅柿醬了。可為了多看一眼球賽，雞蛋剛入鍋沒一會兒，老哥就催我趕緊把菜盛出來。菜剛端上餐桌，媽媽就回來了。我趕忙請媽媽品嘗我的「戰利品」：「媽媽，快來嘗嘗我做的菜！」媽媽剛嚼了一口，就吐了出來，「這炒的甚麼呀，油放太多了！雞蛋還是生的呢！」猶如晴空霹靂，我的腦中嗡的一聲。天啊，我的第一次炒菜行動以失敗告終了！都怨那個「加油哥哥」。

6　　唉，這次「加油」雙簧記真是一次失敗的體驗！

導讀問題 💬

(1) 試摘錄文章的四字成語。

_____

_____

(2) 試摘錄文章中的歇後語。

_____

(3) 作者與哥哥之間出現了甚麼誤會？

_____

_____

(4) 作者記敍做菜的經過時，着力描寫哥哥與自己的表情和想法，這有何好處？

_____

_____

精選佳句 ☑

> 1 哥哥一聽，樂得一蹦三尺高，咧着嘴，笑嘻嘻地說……
>
> 2 哥哥煞有介事地來到廚房，坐在一把靠近窗戶的椅子上，有模有樣地指揮我「戰鬥」。
>
> 3 猶如晴空霹靂，我的腦中嗡的一聲。

思維導圖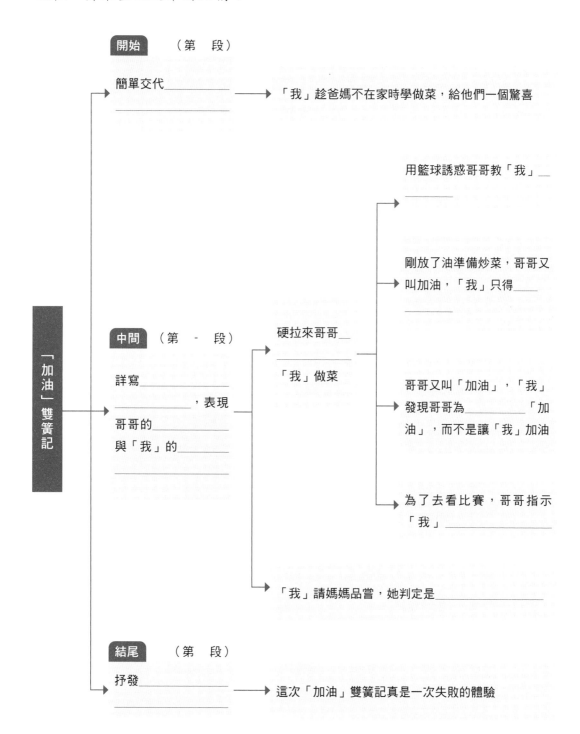

現在，齊來整理文章的結構！

開始 （第　　段）

簡單交代＿＿＿＿＿＿＿＿＿＿＿＿ → 「我」趁爸媽不在家時學做菜，給他們一個驚喜

「加油」雙簧記

中間 （第　-　段）

詳寫＿＿＿＿＿＿＿＿＿
＿＿＿＿＿＿＿＿，表現
哥哥的＿＿＿＿＿＿＿＿
與「我」的＿＿＿＿＿＿
＿＿＿＿＿＿＿＿

硬拉來哥哥＿＿＿＿
＿＿＿＿＿＿＿＿
「我」做菜

　用籃球誘惑哥哥教「我」＿
　＿＿＿＿＿＿＿＿

　剛放了油準備炒菜，哥哥又
→ 叫加油，「我」只得＿＿＿＿
　＿＿＿＿＿＿＿＿

　哥哥又叫「加油」，「我」
→ 發現哥哥為＿＿＿＿＿「加
　油」，而不是讓「我」加油

　為了去看比賽，哥哥指示
→ 「我」＿＿＿＿＿＿＿＿＿＿

「我」請媽媽品嘗，她判定是＿＿＿＿＿＿＿＿＿

結尾 （第　　段）

抒發＿＿＿＿＿＿＿＿＿ → 這次「加油」雙簧記真是一次失敗的體驗
＿＿＿＿＿＿＿＿＿

33. 珍貴的十元錢　孫旭明

佳作共賞 🎥

1　　在我的抽屜裏，珍藏着一張十元紙幣，這是我平生第一次「打工」掙來的錢。說來慚愧，它還是爸爸「逼」我賺的錢呢。雖然現在「打工」已經成為我的習慣了，但我一直存放着這第一次「打工」掙來的錢，捨不得花掉。一看到它，我就告訴自己要認真做事，節約用錢。

2　　復活節假期的一天，我正在做功課，爸爸把我叫去，對我說：「旭明，我和你媽媽工作很辛苦，現在你也長大了，在家中學着做家務吧。看你的工作質量和速度來給你零花錢。」爸爸臉上的表情很嚴肅，我這家中的嬌嬌女也只好點頭答應。

3　　用過晚餐，爸爸放下筷子，說：「旭明，開始『打工』吧。」我有些丈二和尚摸不着頭腦：「打工？」忽然，我恍然大悟，急急忙忙收拾碗筷端進廚房。看着油膩膩的碗筷，我的心裏打起了「退堂鼓」，但為了掙零花錢，也只好硬着頭皮幹下去。

4　　我拿起一個碗，擰開水龍頭，馬馬虎虎一沖，行，清潔了一個碗了。沒過多久，「小山」一樣高的碗就統統洗淨。「看來打工也沒甚麼難的嗎？」我一邊哼着小調，一邊解開圍裙，跑到客廳。

5　　「爸爸，我洗好了。可以給我工錢了吧。」我向爸爸伸出油膩膩的雙手。「這麼快？」爸爸懷疑地放下報紙，

來到廚房。爸爸瞄了一眼清潔了的碗，對我說：「你看這碗上還有油膩呢！碗洗得不乾淨，扣十元；桌面擦得不乾淨，再扣十元；有放棄之心，再扣十元。洗碗一共是二十元，現在扣你三十元，你還倒欠我十元。」我嚇得伸出舌頭，半天也沒縮回去。

6　　這天，我的工作又開始了。吸取了上次的教訓，我先在油膩膩的碗裏滴上幾點兒清潔劑，用抹布把碗裏裏外外清潔了五六遍，再用清水一沖，最後用抹布把碗裏的水擦乾。每潔淨一個碗，我總要再仔細檢查一遍，然後把碗一一擺在櫥櫃裏。我暗自想：這次爸爸一定會滿意的。

7　　把碗碟清潔妥當後，我興沖沖地對爸爸說：「請驗收！」爸爸背着雙手，大步走進廚房。果然不出我所料，爸爸檢查後十分滿意。他從口袋中掏出一張簇新的十元紙幣，塞到我手中，微笑着說：「這次幹得很好，我十分滿意！做事應該這樣子，不馬虎，要認真。」

8　　我雙手接過錢，看了看爸爸，又看了看十元錢。雖然只是十元錢，但放在我的手裏還是沉甸甸的。

9　　我永遠記得這珍貴的十元錢。

導讀問題 💬

(1) 作者為何把一張十元紙幣珍而重之地收藏起來？

_____

_____

(2) 作者第二次清洗碗碟的態度，跟第一次有何分別？你能比較一下嗎？

_____

_____

(3) 在第八段中，作者說：「雖然只是十元錢，但放在我的手裏還是沉甸甸的。」他想表達甚麼呢？

_____

_____

精選佳句 ☑

---

1 我恍然大悟，急急忙忙收拾碗筷端進廚房。

2 我嚇得伸出舌頭，半天也沒縮回去。

3 雖然只是十元錢，但放在我的手裏還是沉甸甸的。

思維導圖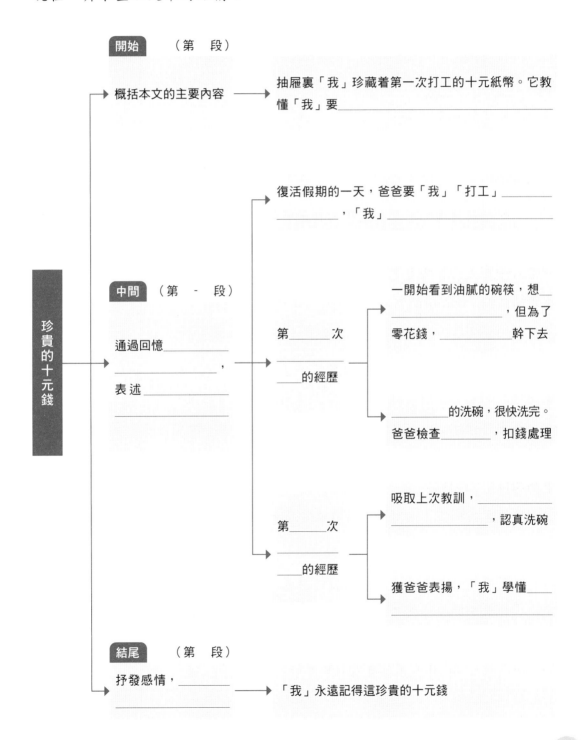

現在，齊來整理文章的結構！

開始 （第　　段）

概括本文的主要內容 ⟶ 抽屜裏「我」珍藏着第一次打工的十元紙幣。它教懂「我」要＿＿＿＿＿＿＿＿＿＿＿＿＿＿＿＿

珍貴的十元錢

中間 （第　-　段）

通過回憶＿＿＿＿＿＿＿＿＿＿＿＿＿＿＿，
表述＿＿＿＿＿＿＿＿＿＿＿＿＿＿＿＿＿

復活假期的一天，爸爸要「我」「打工」＿＿＿＿＿＿＿＿＿＿，「我」＿＿＿＿＿＿＿＿＿＿＿＿＿＿＿＿＿

第＿＿＿次＿＿＿＿的經歷

一開始看到油膩的碗筷，想＿＿＿＿＿＿＿＿＿＿＿＿，但為了零花錢，＿＿＿＿＿＿幹下去

＿＿＿＿＿＿的洗碗，很快洗完。爸爸檢查＿＿＿＿＿＿，扣錢處理

第＿＿＿次＿＿＿＿的經歷

吸取上次教訓，＿＿＿＿＿＿＿＿＿＿＿＿＿＿＿，認真洗碗

獲爸爸表揚，「我」學懂＿＿＿＿＿＿＿＿＿＿＿

結尾 （第　　段）

抒發感情，＿＿＿＿＿＿＿＿＿＿＿＿ ⟶ 「我」永遠記得這珍貴的十元錢

34. 一個微笑，肯定自己　　孫安琪

佳作共賞 🎬

寫作手法

1　　持續的陰雨下個不停，我因為期中考試成績的公佈，心情很低落。我走在雨中，流着眼淚，當水滑入嘴裏之時，都分不清是雨是淚……

2　　正是在這樣的日子裏，張老師竟然在課堂上提議了一個活動——誇誇我自己！

3　　好一個張老師，竟在這樣的日子裏給我們開這樣的「玩笑」！誇自己？我們現在連自卑還來不及，倒要來個一百八十度大轉彎誇自己，真是不可思議！張老師用一貫平緩的語調，硬要同學們站出來說說。我可是沒這份閒心，正想着回家後不知爸媽該如何地生氣呢！

4　　真不巧，張老師喚着我的名字。在萬般驚詫中，我緩緩地站起來，走到教師桌旁，用迷茫的眼神環顧四周，嘴中吐出幾個字：「我愛讀書，電子琴考到八級。」說完轉身就要走向位置。「站住！」張老師叫住我。我不明白老師的用意，停住腳。張老師說：「你還有許多優點沒說呢，回到這裏再說一下！」可惡！我在心中嘀咕着，您這不是有意刁難我嗎？

5　　萬般無奈之下，我又站到教師桌旁。張老師又開腔了：「你很開朗，作文不錯，待人有禮貌，這些都不算優點嗎？那你關心同學、孝敬父母，也不算優點嗎？」張老師一連兩個反問，讓我不禁有些張口結舌。但在我的心裏，

我沖自己微微一笑，感到很欣慰。原來我還有這麼多優點，我也很優秀啊！

6   回到位置上，我的心早已飛出窗外，飛上了九霄雲天！

7   朋友，請你別為生活中小小的失意而否定自己。你應該多想想自己的優點，重拾自信，並且對自己說：我是獨一無二的！我是優秀的！

8   給自己一個微笑，肯定你自己吧！

導讀問題 💬

(1)   作者遇到甚麼挫折？心情如何？

_____

(2)   為何作者最後可以對自己微笑，不再困在死胡同中？

_____

_____

精選佳句 ☑️

1   我緩緩地站起來，走到教師桌旁，用迷茫的眼神環顧四周，嘴中吐出幾個字。

2   我在心中嘀咕着，您這不是有意刁難我嗎？

思維導圖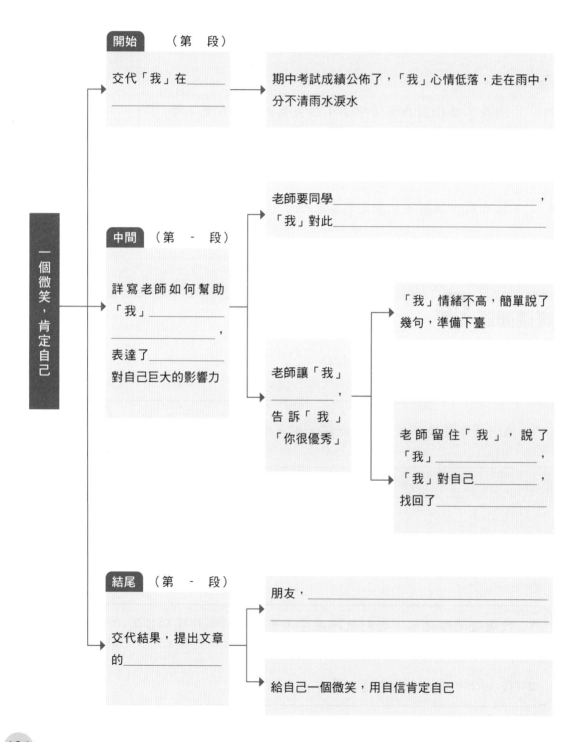

現在，齊來整理文章的結構！

開始（第　段）

交代「我」在＿＿＿＿＿＿
＿＿＿＿＿＿＿＿＿＿＿＿

期中考試成績公佈了，「我」心情低落，走在雨中，分不清雨水淚水

中間（第　-　段）

詳寫老師如何幫助「我」＿＿＿＿＿＿
＿＿＿＿＿＿＿＿＿＿＿，
表達了＿＿＿＿＿＿
對自己巨大的影響力

老師要同學＿＿＿＿＿＿＿＿＿＿＿＿＿＿＿＿，
「我」對此＿＿＿＿＿＿＿＿＿＿＿＿＿＿＿＿＿

老師讓「我」＿＿＿＿＿＿，
告訴「我」
「你很優秀」

「我」情緒不高，簡單說了幾句，準備下臺

老師留住「我」，說了
「我」＿＿＿＿＿＿＿＿，
「我」對自己＿＿＿＿＿＿，
找回了＿＿＿＿＿＿＿＿＿

結尾（第　-　段）

交代結果，提出文章
的＿＿＿＿＿＿＿＿

朋友，＿＿＿＿＿＿＿＿＿＿＿
＿＿＿＿＿＿＿＿＿＿＿＿＿＿＿

給自己一個微笑，用自信肯定自己

一個微笑，肯定自己

35. 聽，生活中的音樂　楊毅

佳作共賞

1　　自從看了《音樂之都維也納》一文，我就被維也納人民對音樂的熱情與嚮往感動了，也不知不覺地更加關注我們生活中的音樂了。

2　　每天下午四點十五分一到，音樂室就傳出了笛子吹奏的美妙樂聲。

3　　笛聲連綿不斷，有時如小鳥般歡快活潑；有時像小豆子在鼓上歡蹦亂跳，充滿彈性，讓人心也活了起來，激動地跳躍着；有時優美纏綿，宛如碧波蕩漾開來，小船悠靜地帶着搖櫓聲，從水中搖過。我似乎看見了早春的江南小鎮上，一切在霧的籠罩中，桃花沿着河兩岸，一路開了下去。小河裏落滿了花瓣兒，朦朧中，像是在下花瓣雨。有時淒涼幽緩，似乎秋風凜冽。樹上只剩下兩片葉子，一陣大風吹過，雨也蕭蕭地下了起來。兩片葉子不捨地、蝴蝶般飄落下來，樹枝上的雨水也滴落了下來，不，那分明是樹的眼淚⋯⋯有時，也會吹出雄壯的歌，那激昂的氣勢一點也不比升旗儀式時、從音箱裏放出來的遜色。

4　　「誰吹的？多動聽的音樂！」我佩服這位吹笛子的人。

5　　在家裏，樓上樓下也時常飄出各種音樂聲。樓下住了一位中學生。我每天下午放學回家，都會聽見叮叮咚咚的音樂聲，那是她正在練習彈奏鋼琴。有時在練音階，有時練的是曲子，當我聽到熟悉的曲子時，也會忍不住跟着

唱起來。樓上住的是一位阿姨，她真是「活到老，學到老」，學習過插花、做紙花，她將用各色紙做的紙花插在花瓶裏，就像真的一樣。從去年開始，這位阿姨又學習彈奏吉他。不信，你聽，那首熟悉的民歌又響起了。我不禁停下筆，旋律縈繞，將快樂放飛。

6　　輕鬆活潑的曲子、優美纏綿的曲子、激情飛揚的曲子，組合成一個旋律，它的名字就叫「我們愛音樂」！

導讀問題 💬

⑴　　文中提及了哪幾種生活中的音樂？

_____

⑵　　作者描述的笛聲是怎樣的？

_____

⑶　　第五段提了兩個例子，為要說明甚麼？

_____

_____

精選佳句 ☑

1　笛聲連綿不斷，有時如小鳥般歡快活潑；有時像小豆子在鼓上歡蹦亂跳，充滿彈性，讓人心也活了起來，激動地跳躍着。

2　樹枝上的雨水也滴落了下來，不，那分明是樹的眼淚……

思維導圖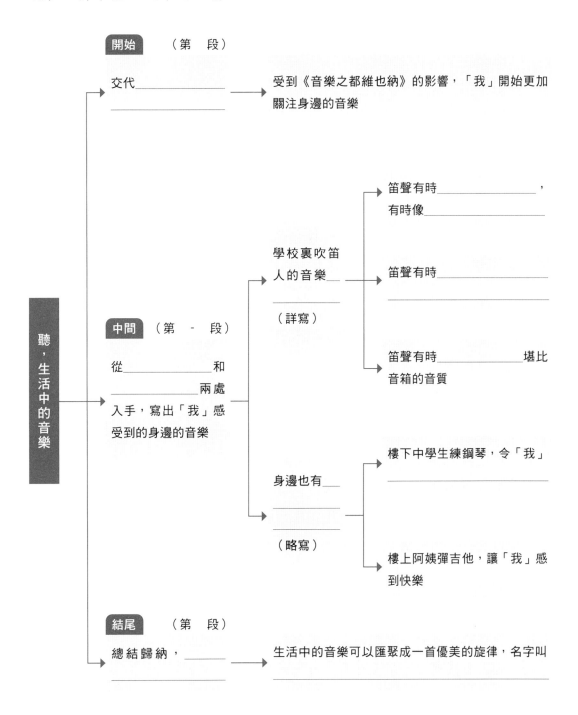

現在，齊來整理文章的結構！

開始 （第　　段）

交代＿＿＿＿＿＿＿＿＿＿＿
＿＿＿＿＿＿＿＿＿＿＿　→　受到《音樂之都維也納》的影響，「我」開始更加關注身邊的音樂

中間 （第 - 段）

從＿＿＿＿＿＿＿和
＿＿＿＿＿＿＿兩處
入手，寫出「我」感
受到的身邊的音樂

學校裏吹笛
人的音樂＿
＿＿＿＿＿＿
（詳寫）

→　笛聲有時＿＿＿＿＿＿＿＿＿，
有時像＿＿＿＿＿＿＿＿＿

→　笛聲有時＿＿＿＿＿＿＿＿
＿＿＿＿＿＿＿＿＿＿＿

→　笛聲有時＿＿＿＿＿＿堪比
音箱的音質

身邊也有＿＿
＿＿＿＿＿＿
（略寫）

→　樓下中學生練鋼琴，令「我」
＿＿＿＿＿＿＿＿＿＿＿

→　樓上阿姨彈吉他，讓「我」感
到快樂

結尾 （第　　段）

總結歸納，＿＿＿＿＿
＿＿＿＿＿＿＿＿＿＿　→　生活中的音樂可以匯聚成一首優美的旋律，名字叫

聽，生活中的音樂

36. 皇帝的新裝（節選）　安徒生

佳作共賞

寫作手法

1　　許多年以前，有一位皇帝非常喜歡穿好看的新衣服。他為了要穿得漂亮，把所有的錢都花到衣服上去了，他每天每個小時要換一套新衣服。人們一提及他時，總是說：「皇上在更衣室裏。」

2　　有一天來了兩個騙子。他們說，他們能織出誰也想像不到的最美麗的布。這種布的色彩和圖案不僅是非常好看，而且用它縫出來的衣服還有一種奇異的作用，那就是凡是不稱職的人或者愚蠢的人，都看不見這衣服。

3　　「那正是我最喜歡的衣服！」皇帝心裏想，「我穿了這樣的衣服，就可以看出我的王國裏哪些人不稱職；辨別出哪些人是聰明人，哪些人是傻子。是的，我要叫他們馬上織出這樣的布來！」他付了許多現款給這兩個騙子，叫他們馬上開始工作。

4　　他們擺出兩架織布機來，假裝在工作，可是織布機上甚麼東西也沒有。他們接二連三地請求皇帝發一些最好的生絲和金子給他們。他們把這些東西都裝進自己的腰包，卻假裝在那兩架空空的織布機上忙碌地工作，一直忙到深夜。

5　　「我很想知道他們織布究竟織得怎樣了。」皇帝想。不過，他立刻就想起了愚蠢的人或不稱職的人是看不見這布的。他的確感到有些不大自在，但他相信自己用不着害怕。雖然如此，他還是先派一個人去看看比較妥當。「我

要派誠實的老部長到織工那兒去看看，」皇帝想。「只有他能看出這布料是個甚麼樣子，因為他很有頭腦，誰也不像他那樣稱職。」

6　　因此這位善良的老部長就到那兩個騙子的工作地點去了。他們正在空空的織布機上忙忙碌碌地工作着。

7　　「這是怎麼一回事兒？」老部長想，把眼睛睜得有碗口那麼大。

8　　「我甚麼東西也沒有看見！」但是他不敢把這句話說出來。

9　　那兩個騙子請求他走近一點，同時問他布的花紋是不是很美麗，色彩是不是很漂亮。他們指着那兩架空空的織布機。

10　　這位可憐的老大臣的眼睛越睜越大，可是他還是看不見甚麼東西，因為的確沒有甚麼東西可看。

11　　「我的老天爺！」他想。「難道我是一個愚蠢的人嗎？我從來沒有懷疑過我自己。我決不能讓人知道這件事。難道我不稱職嗎？——不成；我決不能讓人知道我看不見布料。」

12　　「哎，您一點意見也沒有嗎？」一個正在織布的織工說。

13　　「啊，美極了！真是美妙極了！」老大臣說。他戴着眼鏡仔細地看。「多麼美的花紋！多麼美的色彩！是的，我將要呈報皇上說我對於這布感到非常滿意。」

導讀問題 💬

(1) 國王為何會上騙子的當？

_____

_____

_____

(2) 國王想知道騙子織布的情況，但為何不親自去看？

_____

_____

(3) 老部長明明甚麼都看不到，為何卻說布很美？如果你是老部長，你會怎樣做？

_____

_____

_____

精選佳句 ☑️

1　人們一提及他時，總是說：「皇上在更衣室裏。」

2　老部長想，把眼睛睜得有碗口那麼大。

3　我決不能讓人知道這件事。難道我不稱職嗎？──不成；我決不能讓人知道我看不見布料。

思維導圖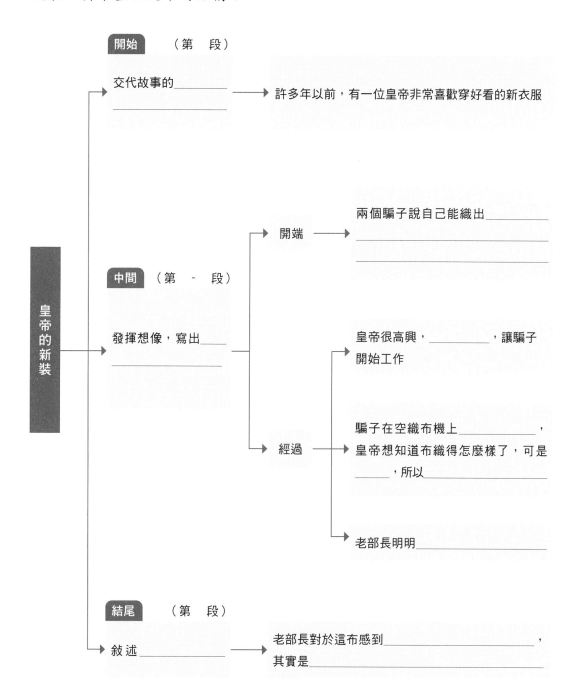

現在，齊來整理文章的結構！

開始 （第　段）

交代故事的＿＿＿＿＿＿
＿＿＿＿＿＿＿＿＿ → 許多年以前，有一位皇帝非常喜歡穿好看的新衣服

中間 （第　-　段）

發揮想像，寫出＿＿＿＿
＿＿＿＿＿＿＿＿＿

開端 → 兩個騙子說自己能織出＿＿＿＿＿
＿＿＿＿＿＿＿＿＿＿＿＿＿
＿＿＿＿＿＿＿＿＿＿＿＿＿

經過 →

皇帝很高興，＿＿＿＿＿＿，讓騙子
開始工作

騙子在空織布機上＿＿＿＿＿＿，
皇帝想知道布織得怎麼樣了，可是
＿＿＿＿，所以＿＿＿＿＿＿＿＿

老部長明明＿＿＿＿＿＿＿＿＿＿

結尾 （第　段）

敘述＿＿＿＿＿＿＿ → 老部長對於這布感到＿＿＿＿＿＿＿＿＿，
其實是＿＿＿＿＿＿＿＿＿＿＿＿＿＿

皇帝的新裝

37. 難忘的同學情　劉金健

佳作共賞

寫作手法

1　　袁雅琴是我的同學，也是我的好朋友。她有一頭烏黑的頭髮，俏麗的臉，彷彿雨後清晨的荷花。她的眼睛如黑寶石般晶瑩，如泉水般純淨，充滿了好奇和幻想。袁雅琴非常內向，心地特別善良。

2　　記得有一次，老師讓同學們改錯題，改完錯題後再做別的作業。坐在我們這邊的一個同學問我一道題，我不耐煩地說：「老師說了一遍，你怎麼還不會？再說，我還沒改完呢，等會兒再說吧。」那個同學見狀只得轉過身問袁雅琴，而她耐心地跟他講起來。我一邊寫着作業，一邊聽着她給那個同學的講解，我的心靈被她輕輕觸動了。下課時我問她：「為甚麼你能放下手裏的作業去幫助他？他平時跟你也不熟啊！」袁雅琴卻像個大人似的對我說：「每個人都有需要幫助的時候，你要盡己所能，努力幫助他。也許真的有一天，你還會去向他求助。」聽了她的話，我受益匪淺，我越發佩服她了，因為她有着天使般的善良。從此，我學會了寬容別人。在別人需要幫助時，我不再大聲喝斥，還會主動伸出手，我好像完全變了一個人似的。我感謝袁雅琴，是她讓我學會了寬容。

3　　還有一次，我受了一肚子的氣，正準備喝水時袁雅琴碰了我一下。頓時，我那一肚子的氣就有了發洩口，將所有的悶氣撒在她身上，對她大喊大叫。袁雅琴一句埋怨

的話也沒說，卻默默掉下了眼淚。她這一哭，反倒使我冷靜下來反省自己的行為，結果我發現自己真的有點過分。可是當着那麼多同學也不好意思跟她道歉。放學後，我給她留了一張小紙條，問她能不能原諒我。沒想到我剛到家她就打來電話，說能理解我當時的心情，原諒我。我當時心裏別提有多高興了，差一點兒哭出來。從那以後，我倆成了形影不離的好朋友。

4　　　朋友是琴，演奏一生美妙的音樂；朋友是茶，品味一生的清香；朋友是筆，寫出一生一世的快樂；朋友是歌，唱出一輩子的溫馨。袁雅琴，你永遠是我的好朋友。

導讀問題 💬

(1)　袁雅琴有甚麼性格特點？

_____

(2)　作者與袁雅琴的性格有何分別？

_____

_____

(3)　末段作者認為朋友有何特徵？

_____

精選佳句

> 1　她有一頭烏黑的頭髮，俏麗的臉，彷彿雨後清晨的荷花。
>
> 2　她的眼睛如黑寶石般晶瑩，如泉水般純淨，充滿了好奇和幻想。

思維導圖

現在，齊來整理文章的結構！

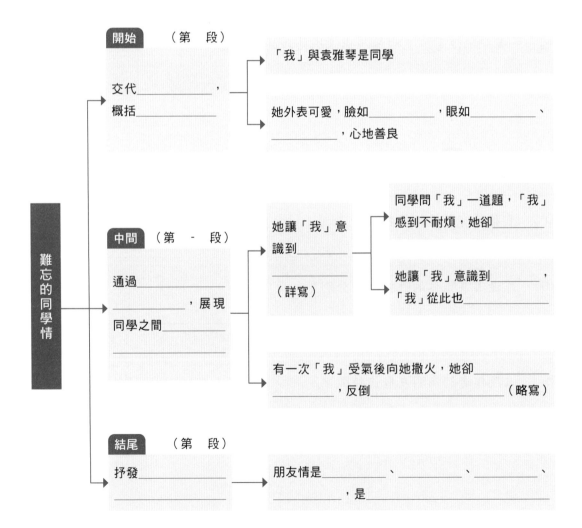

開始（第　段）

交代＿＿＿＿＿＿＿，概括＿＿＿＿＿＿＿
→ 「我」與袁雅琴是同學
→ 她外表可愛，臉如＿＿＿＿＿，眼如＿＿＿＿＿、＿＿＿＿＿，心地善良

中間（第－段）

通過＿＿＿＿＿＿＿＿＿＿＿＿，展現同學之間＿＿＿＿＿＿＿

→ 她讓「我」意識到＿＿＿＿＿＿＿＿＿（詳寫）
　→ 同學問「我」一道題，「我」感到不耐煩，她卻＿＿＿＿＿
　→ 她讓「我」意識到＿＿＿＿，「我」從此也＿＿＿＿＿

→ 有一次「我」受氣後向她撒火，她卻＿＿＿＿＿＿＿＿＿，反倒＿＿＿＿＿＿＿＿＿（略寫）

結尾（第　段）

抒發＿＿＿＿＿＿＿
→ 朋友情是＿＿＿＿、＿＿＿＿、＿＿＿＿、＿＿＿＿，是＿＿＿＿＿

（難忘的同學情）

38. 器官爭功　鄭梁

佳作共賞 💬

1　　一天，大家都在安靜地休息。忽然，手在無意間揉了一下眼睛；眼睛受到了刺激，流出眼淚來；眼淚流到了鼻子裏；鼻子忍不住迫使嘴巴打了個噴嚏，唾沫濺到了手上；手正要去打嘴巴，沒想到打到了嘴巴的近鄰——耳朵。

2　　「手先生，」耳朵搶先發言，「我說你怎麼朝我亂打？要知道，沒有了我，你們可就甚麼也聽不見了。可是，你剛才竟然朝我亂打！不認識老大了嗎？」

3　　「你不就是只能聽那麼兩下子嗎？要是沒有了我，你們都要餓得扁扁的了。我才是老大！」嘴巴不服氣地說。

4　　「你們算甚麼？」眼睛冒火了，「要是沒有我，大自然的萬紫千紅、百花爭艷，你們能看得見嗎？要說老大，我才是當之無愧的人選呢！」

5　　平時沉默寡言的鼻子也忍不住了，說：「我才是不折不扣的老大！」眼睛、手和嘴巴異口同聲地問：「為甚麼？」「你們這輩笨傢伙，連這都不知道。你們想一想，如果沒有了我給你們提供氧氣，那你們還能生存下去嗎？還敢跟我爭老大？」鼻子又說道。

6　　手不屑一顧地說：「要不是平時我給你們按摩，你們能有這麼白嫩的皮膚嗎？你們這輩忘恩負義的東西，我才是老大呢！」「是我！」「我是老大！」「你算甚麼，我才是老大呢！」……大家鬧成一片，聲音十分嘈雜。

7　　「是誰在吵？把我都給吵醒了！」原來是大腦總司令醒了。大家見大腦醒了，忙跑到它面前，七嘴八舌地把剛才發生的事情說了一遍，並請它評判誰當老大合適。大腦沉思了一下，對它們說：「如果誰同時可以吃、可以看、可以呼吸、可以按摩、可以聽，誰就是老大。」

8　　大家聽了，費盡心思地按照大腦總司令的話去做。可是不管怎樣做，鼻子只能呼吸、嘴巴只能吃、耳朵只能聽、眼睛只能看、手只能按摩，誰也無法滿足大腦提的「老大」條件。這時，大腦語重心長地對它們說：「你們是一個集體，每個人都有各自的作用，如果離開了這個集體，誰也無法生存。所以，你們要團結友愛呀！」

9　　大家聽了大腦的一番話，知道自己錯了，覺得很慚愧。從此，它們團結友愛、互相幫助，再也沒有發生過類似的事情。

導讀問題 💬

(1) 各器官在爭甚麼？

_____

_____

(2) 誰解決了它們的問題？是如何解決的？

_____

_____

(3) 本文是以甚麼方式開展情節？

_____

_____

精選佳句 ☑

1 耳朵搶先發言……/ 嘴巴不服氣地說……/ 眼睛、手和嘴巴異口同聲地問……/ 手不屑一顧地說……/ 大腦語重心長地對它們說……

2 大家見大腦醒了，忙跑到它面前，七嘴八舌地把剛才發生的事情說了一遍。

3 大家聽了，費盡心思地按照大腦總司令的話去做。

思維導圖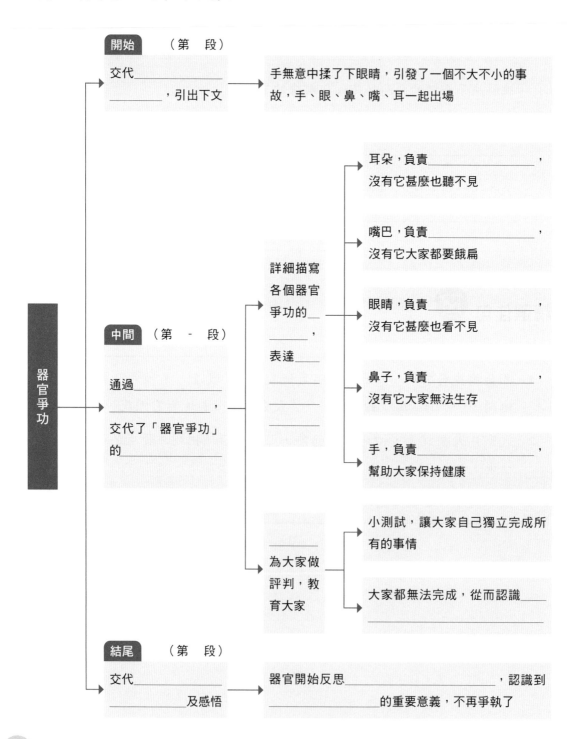

現在,齊來整理文章的結構!

器官爭功

開始 (第 段)

交代＿＿＿＿＿＿＿＿＿＿＿＿＿＿＿,引出下文
→ 手無意中揉了下眼睛,引發了一個不大不小的事故,手、眼、鼻、嘴、耳一起出場

中間 (第 - 段)

通過＿＿＿＿＿＿＿＿＿＿＿＿＿＿＿＿,交代了「器官爭功」的＿＿＿＿＿＿＿

詳細描寫各個器官爭功的＿＿＿＿＿,表達＿＿＿＿＿＿＿＿＿＿＿＿

→ 耳朵,負責＿＿＿＿＿＿＿＿＿,沒有它甚麼也聽不見

→ 嘴巴,負責＿＿＿＿＿＿＿＿＿,沒有它大家都要餓扁

→ 眼睛,負責＿＿＿＿＿＿＿＿＿,沒有它甚麼也看不見

→ 鼻子,負責＿＿＿＿＿＿＿＿＿,沒有它大家無法生存

→ 手,負責＿＿＿＿＿＿＿＿＿＿,幫助大家保持健康

＿＿＿＿＿為大家做評判,教育大家

→ 小測試,讓大家自己獨立完成所有的事情

→ 大家都無法完成,從而認識＿＿＿＿＿＿＿＿＿＿＿＿＿＿＿＿

結尾 (第 段)

交代＿＿＿＿＿＿＿＿＿＿＿＿＿＿＿＿及感悟
→ 器官開始反思＿＿＿＿＿＿＿＿＿＿＿＿＿,認識到＿＿＿＿＿＿＿＿＿＿＿＿的重要意義,不再爭執了

39. 給獵人的一封信 　黃欽

佳作共賞 🎥

寫作手法

獵人們：

1　　看過《斑羚飛渡》紀錄片後，我懷着沉重的心情給你們寫這封信。雖然我為斑羚的生存智慧和犧牲精神所感動，但還是忍不住要問：是誰導致了這場悲劇？當你們用黑洞洞的槍口瞄準它們時，你們的良心哪裏去了？

2　　在這個地球上，所有的生命構成一種微妙的平衡。不論是爬行在我們腳下的螞蟻，還是高翔於藍天的雄鷹，都有生存的權利；不論是肉眼看不見的微生物，還是比人類大無數倍的藍鯨，都應該受到尊重。可是，你們的槍聲，打破了一個和平的夢，打破了這個世界的生態平衡。從此，蔚藍的天空因為沒有鷹的雄姿而顯得單調，清風明月因為摻入幾絲血腥而悲涼⋯⋯

3　　我曾在電視上看到一則消息：一直困擾人類的愛滋病病毒原是非洲原始森林中一種黑猩猩身上的病毒。由於人類砍伐森林，捕殺黑猩猩，愛滋病病毒才傳到人身上。依我看，這一切純粹是人類自作自受。黑猩猩安寧地生活在森林裏，與世無爭，人類打擾了它們的清靜，應該受到如此懲罰！

4　　儘管人類已經意識到保護生態平衡的重要性，可還有人執意要破壞野生動植物的生活。為了金錢、地位，人類貪婪的眼睛一次又一次地瞄準了無辜的動植物。於是，每年都有數以千計的物種從地球上悄然消逝，唉，都是利

益惹的禍啊！

5　　野生動物任人宰割，動物園裏的動物也難逃厄運。我曾在動物園裏親眼目睹了這樣一幕：在熱鬧的猴籠前，一羣小朋友拾起地上的石子朝籠子裏亂扔，嚇得猴子們上躥下跳。我注意到籠子的角落裏蹲着一隻小猴，它的眼睛異常緊張地瞅着我，好像擔心我也會用石子打它似的。那萬分驚恐的眼神像兩根無形的鋼針紮在我的心上，使我永遠難忘。

6　　獵人啊，請放下手中的槍吧！動物也該平等地與我們分享和平與快樂，這是大自然的旨意，也是人類的長遠利益和根本利益。違背這一天意，必將受到大自然無情的懲罰！

7　　祝願你們迅速踏上新的生活之路！

　　　　　　　　　　　　　　　　黃欽上

　　　　　　　　　　　　二零 XX 年七月八日

導讀問題 💬

(1) 作者為甚麼要向獵人寫信？

_____

_____

(2) 除了殘害斑羚，文中指出人類還有哪些傷害大自然生命的行為？

_____

_____

(3) 作者指出大自然與人類生活有何關係？

_____

_____

精選佳句 ☑️

1 蔚藍的天空因為沒有鷹的雄姿而顯得單調，清風明月因為摻入幾絲血腥而悲涼⋯⋯

2 一羣小朋友拾起地上的石子朝籠子裏亂扔，嚇得猴子們上躥下跳。

3 那萬分驚恐的眼神像兩根無形的鋼針紮在我的心上，使我永遠難忘。

思維導圖

現在，齊來整理文章的結構！

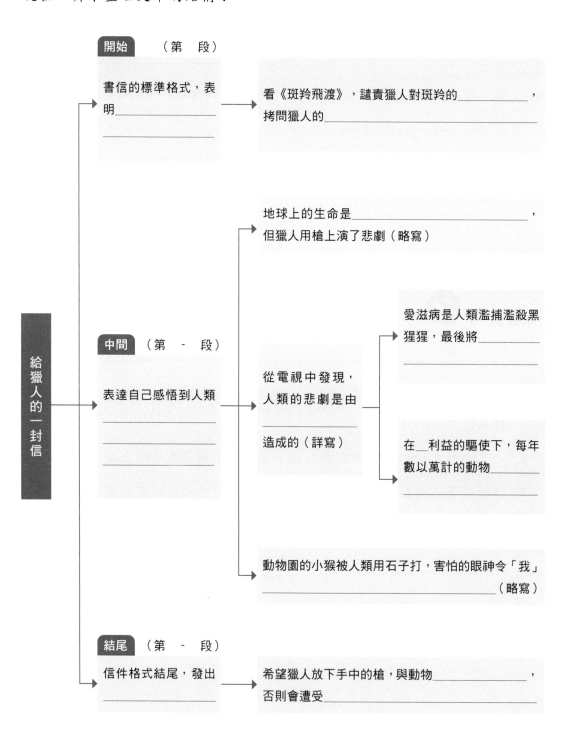

40. 給春天的一封信　龍菲

佳作共賞

寫作手法

親愛的春天：

1　　你好！我非常喜歡你。因為你的存在，我們的生活更加美好。

2　　你在白雲間，用手托起藍天，灑下一片光芒。花兒笑了，比賽似的紛紛挺直腰杆，連翹花朝天舉着金黃的小喇叭。翠綠的葉子歡快地舞了起來，嘹亮的歌從它口中流淌出來。伴着微風，你在一塊塊土地上播下希望，小雨點帶着風鈴打馬而過，幫你滋潤萬物。再也聽不到易安居士的歎息，「只恐雙溪舴艋舟，載不動許多愁。」這位花瓣般易碎的女詩人悲春歎秋，年華在她手上變成情絲，使她「人比黃花瘦」。只有你的智慧能溫暖她那顆冰冷易碎的心。一次又一次悲涼後會是相逢，會是生機煥發。你在白雲上寫下真理，讓陽光終日燦爛！

3　　你在青山裏，用臂膀挽起重重山脈，河水打着旋兒在你懷裏靜靜流過。你讓青松長出詩一般的嫩葉，萬物盛滿了春雨的贈禮，使得文人騷客們大發詩興，詠出千古佳句。你永遠那麼溫和、恬靜、淡遠、不與世俗同流合污。你在山上刻下了真理，讓青山顯其俊秀！

4　　你在海上，擁着滿天星斗，潮水在你的撫摸下漸漸平靜，飛騰的白沫也隨之消逝。大海廣袤的疆域，如同綠色的寶石鑲嵌在地殼上，在你的雙臂下，冰層銷聲匿跡。你讓海以寬闊的胸懷容納千江萬水，奔騰着生生不息。林

則徐見此奇境，不禁高聲朗誦：「海納百川，有容乃大；壁立千仞，無欲則剛。」你在海中留下了真理，讓大海更加遼闊！

5　　　你在我們心裏，撐着心靈的綠蔭，灑下一世陰涼。秋天南飛的大雁帶走了希望，你讓我們等待天明，等待希望。你靜靜地讓花開，讓樹發芽，讓一切一切逐漸生機勃勃，你的寬容，你的智慧吹遍了我們整個心田。

6　　　其實，你一直在我靈魂深處，我信奉你，我追隨你，你伴我成長。因為有你在，一切不會枯萎，一切不會逝去，一切不會惡劣。

7　　　你在白雲間俯視，你在青山裏呼喚，你在大海中蕩漾，你在我心田永駐……

8　　　請記住，一個人的心靈永遠需要你啊，春天！

一位信奉你、追隨你的女孩

龍菲

二零 XX 年三月一日

導讀問題 💬

(1) 信中從哪幾方面描繪春天在自然中的痕跡與腳印？

_____

_____

(2) 為甚麼作者喜愛春天？

_____

_____

(3) 文中多次引用詩句或別人的句子，有何好處？

_____

_____

精選佳句 ☑

1 花兒笑了，比賽似的紛紛挺直腰杆，連翹花朝天舉着金黃的小喇叭。

2 翠綠的葉子歡快地舞了起來，嘹亮的歌從它口中流淌出來。

3 你讓青松長出詩一般的嫩葉，萬物盛滿了春雨的贈禮，使得文人騷客們大發詩興，詠出千古佳句。

思維導圖

現在，齊來整理文章的結構！

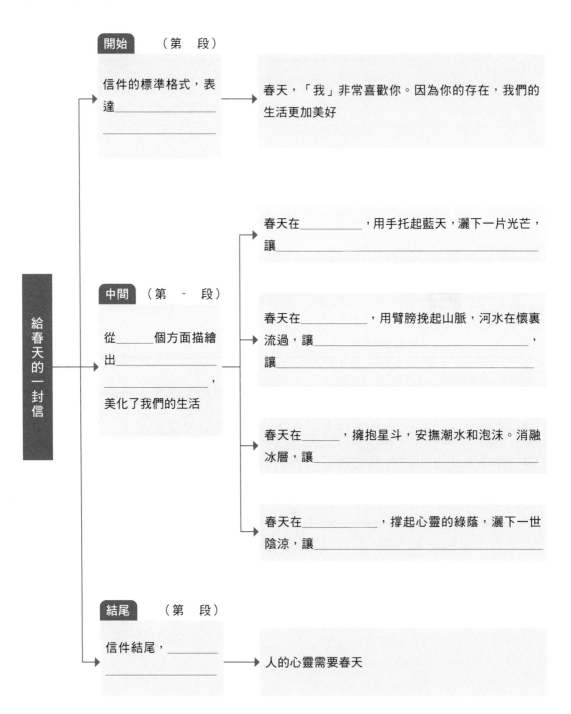

給春天的一封信

開始 （第　　段）

信件的標準格式，表達＿＿＿＿＿＿＿＿＿＿＿＿＿＿＿＿

春天，「我」非常喜歡你。因為你的存在，我們的生活更加美好

中間 （第－段）

從＿＿＿個方面描繪出＿＿＿＿＿＿＿＿＿＿＿＿＿＿＿＿＿＿，美化了我們的生活

春天在＿＿＿＿＿＿，用手托起藍天，灑下一片光芒，讓＿＿＿＿＿＿＿＿＿＿＿＿＿＿＿

春天在＿＿＿＿＿＿，用臂膀挽起山脈，河水在懷裏流過，讓＿＿＿＿＿＿＿＿＿＿＿＿＿，讓＿＿＿＿＿＿＿＿＿＿＿＿＿

春天在＿＿＿＿，擁抱星斗，安撫潮水和泡沫。消融冰層，讓＿＿＿＿＿＿＿＿＿＿＿＿＿

春天在＿＿＿＿＿＿，撐起心靈的綠蔭，灑下一世陰涼，讓＿＿＿＿＿＿＿＿＿＿＿＿＿

結尾 （第　　段）

信件結尾，＿＿＿＿＿＿＿＿＿＿＿＿＿

人的心靈需要春天

1. 我的路

寫作手法

第1段：排比/疊字

第2段：疊字/明喻/擬人

第3段：明喻/疊字

第4段：象聲詞

第5段：疊字/象聲詞/明喻

第6段：明喻/比較/對偶

導讀問題

1　一般人認為路是平平寬寬的行人道、陰涼的屋簷下、在汽車穿梭的大馬路和一級一級的樓梯。

2　不相同。作者喜歡走在坑坑窪窪的水潭裏、鬆軟的草地上、泥濘的泥土間和窄窄的扶梯上。

3　因為作者走在自己喜歡的路上，會感到無比快樂，例如他走在窄窄的扶梯，從上滑下，會感到飛翔的快樂。

思維導圖

開始	第 1 段：指出人們對「路」的一般看法，表明這些都不是「我」的路	行人道上 / 屋簷下 / 大馬路上 / 樓梯上
中間	第 2-5 段：舉出四個自己走的路，表明走這些路使自己快樂的理由	四濺的水潭裏 / 鬆軟的草地上 / 泥濘的泥土間 / 窄窄的扶梯上
結尾	第 6-7 段：有理有據地表明走自己的路很快樂，再次重申觀點	

2. 我真了不起

寫作手法

第5段：設問

導讀問題

1　她很有藝術天賦，還有豐富的想像力。

2　首段指出小姑娘很有藝術天賦，第2-4段提出了具體的例子。

3　外貌描寫：有一個身高一米三九的小姑娘，紮着一個馬尾辮。

　　動作描寫：小姑娘……情不自禁地舞動起四肢。

　　心理描寫：她便想：自己家裏並不很漂亮，再加上這麼一盆不起眼的花，不是更讓人覺得沒精打采嗎？

4　為了突出小姑娘的心思及興趣所在，表現出她甚有藝術才華。

思維導圖

開始	第 1 段：開篇不直接說明人物，卻巧妙點出人物的特點	不高 / 馬尾辮
		一般 / 很有藝術天賦
中間	第 2-4 段：通過兩件具體的事例來表現人物有藝術天賦	會跟着音樂自編自舞，贏得大家稱讚
		自己動手美化花盆
結尾	第 5 段：揭曉謎底，結束文章	「我」

3. 媽媽，我是你的績優股

寫作手法

第2段：對偶　　　　　　　　　　第3段：語言描寫

第5段：對偶　　　　　　　　　　第6段：暗喻/引用

導讀問題

1 因為作者媽媽加入炒股行列，而那隻股票與作者同名。

2 主要說明股票與作者關係密切，「股隨我動」。

3 作者表達對媽媽的愛，表示會下定決心，勤力發奮，爭取良好的表現。

思維導圖

開始	第 1 段：開篇提到股票與「我」的關係，引出下文	
中間	第 2-5 段：列舉正反事例，展現「我」與股票的「親密關係」	「漲停」
		「跌停」
		股隨我動
結尾	第 6 段：抒發感想，表明為媽媽努力發奮的決心	

4. 我的家庭小處方

寫作手法

第2段：誇張　　　　　　　　　　第3段：誇張/明喻

第4段：誇張

導讀問題

1 作者不是醫生，但為了請家中各人改善壞習慣，所以用這個方式表達。

2 頗嚴重，因為作者媽媽一看到便宜的東西，便會盯住不放，不管需要不需要全部買回家。

3 與媽媽同樣嚴重，作者爸爸會整天在看電視。改善方法如增加家庭戶外活動，減少爸爸留在家中看電視的機會。

思維導圖

開始	第 1 段：寫明文章的主要人物和事件，引出下文	

中間	第 2-4 段：用「開處方」的形式展示三個人的病症，並提出治療方案	媽媽	學會理性購物
		爸爸	合理控制時間
		我	節制飲食，合理消費
結尾	第 5 段：提出期望，結束文章	積極治療	

5. 武林俠女

寫作手法

第1段：設問　　　　　　　　　　第2段：語言描寫/動作描寫/神態描寫

第3段：設問

導讀問題

1　因為妹妹名字叫「靜嫻」，但愛動，喜歡做「英雄」，打「怪獸」及「壞蛋」。

2　作者用了語言、動作及神態描寫，突出妹妹的俠女形象。

3　為了表現妹妹的俠女風範。

思維導圖

開始	第 1 段：以設問方式交代給妹妹另起名字的原因，引出下文	
中間	第 2-3 段：用兩件具體的事例，表現妹妹的「俠女風範」	「英雄」/「怪獸」/「豪氣」
		「俠女情結」/「英雄」/「壞蛋」
結尾	第 4 段：再次表明妹妹「武林俠女」的身份，號召大家和她結交	

6. 我們班的「聊齋」

寫作手法

第2段：暗喻/對偶　　　　　　　　第3段：暗喻/設問

導讀問題

1 一方面利用文學名著引起興趣；另一方面指出本文提及的「聊齋」有特別意思，避免產生誤會。

2 作者的「聊齋」充滿快樂，大家會滔滔不絕地談動漫及時尚話題，分享心得，有時亦會談小祕密，氣氛頗為融洽。

3 好，因為名稱頗有趣，反映他們頗具創意；不好，因為這名字容易與文學作品混淆，亦不容易理解。

思維導圖

開始	第 1 段：引用文學名著，引起下文對「聊齋」的敍述		
中間	第 2-4 段：列舉三個事例，介紹「聊齋」中受歡迎的話題	**詳寫聊**動漫和時尚兩個內容	動漫
			時尚
		略寫聊女孩子小祕密	
結尾	第 5 段：抒發對「聊齋」的喜愛之情		

7. 父母深沉的愛

寫作手法

第1段：暗喻　　　　　　　　　　　第2段：語言描寫

第3段：語言描寫　　　　　　　　　第5段：心理描寫/直接抒情

導讀問題

1 由不能理解至真正地理解父母之愛。

2 自打碎茶杯及父母為她慶祝生日後，作者慢慢理解父母對她的關懷與付出。

3 作者打碎了爸爸心愛的茶杯，毫不認錯，後來又拒絕媽媽的關懷，這些事件都反映她很任性。

思維導圖

開始	第 1 段：總說父母之愛無私，但有時不被我們理解	
中間	第 2-6 段：通過兩個具體的事例，表現自己逐漸接受和理解父母之愛	認識到了自己的錯誤
		感悟並理解父母之愛
結尾	第 7 段：總結歸納，表達對父母的感激之情	

8. 與颱風戰鬥

寫作手法

第1段：擬人

第2段：擬物/象聲詞/明喻/擬人

第3段：擬人/誇張

第4段：象聲詞/明喻/擬人/暗喻

第5段：反問/擬人/象聲詞/借喻/明喻

第6段：擬人/誇張

第7段：擬人

導讀問題

1　颱風的威力頗大，作者形容像千萬頭獅子在咆哮，不單吹倒大樹，還破壞了窗戶，令雨水打進屋內。

2　作者利用被單把窗戶封上，止住了狂風進入屋內。作者想像自己正與颱風戰鬥，故用「制伏」來形容。

3　不錯，因為用擬人法來描寫戰鬥的過程，文章顯得更生動、吸引。（答案僅供參考）

思維導圖

開始	第 1 段：交代事情的起因，引起下文	
中間	第 2-6 段：用極富「戰鬥」色彩的語言，講述與颱風戰鬥的經過	不睡
		碎窗玻璃
		塑料袋
		「被單大將軍」

| 結尾 | 第 7 段：戰鬥結束，表現「我」的疲憊 | 一頭栽倒在牀上 |

9. 我的「戰痘」經歷

寫作手法

第3段：明喻 　　　　　　　第4段：借喻

導讀問題

1. ② 即使感到痕癢也不能用手抓；

   ③ 忍受泡藥水時的悶熱空氣；

   ④ 承受水痘遇藥水時的刺痛感覺；

   ⑤ 被同學嘲笑為「非洲人」及「土人」；

   ⑥ 心情煩亂；

   ⑦ 不能和朋友玩。

2. 他明白到靠外在環境是不足夠的，萬事還是要靠自己的毅力。

   因為他沒有聽父母的勸告，忍住痕癢，不用手抓水痘，以致留下很多疤痕。

思維導圖

開始	第 1 段：以倒敘法寫出「戰痘」的結果，引出下文有關「戰痘」的經歷	
中間	第 2-6 段：敍述患了水痘的影響；描述家人的照顧及治療水痘的經過	略寫
		詳寫
		忍不住用手抓
結尾	第 7 段：抒發感想，表明從這個經歷中學習到的教訓	

10.「褲」行記

寫作手法

第1段：設問　　　　　第4段：正襯　　　　　第5段：設問/雙關

第9段：設問　　　　　第10段：擬人/對偶

導讀問題

1　異常尷尬、難為情。

2　作者加插問句，目的是邀請讀者投入其處境，產生共鳴感。

3　三件事情都令作者感到尷尬、難為情。

思維導圖

開始	第 1 段：用普通話中的同音字起段，吸引讀者的注意	酷 / 褲
中間	第 2-11 段：分三個主體段落，敍述三件關於與褲子有關的「窘事」	穿反了
		掉了
		拉不開
結尾	第 12 段：抒發感慨 / 感想，結束文章	

11. 同桌意見調查

寫作手法

第5段：設問　　　　　　　　第6段：總結全文，提出願望

導讀問題

1　因為老師想在排座位前聽聽同學們的意見，於是同學紛紛寫「書面報告」。

2　一目了然，而且表現不同同學的心理，類型多樣及全面。

思維導圖

開始	第 1 段：指出出現「書面報告」的原因，交代背景		
中間	第 2-5 段：將「書面報告」分為四種類型，各舉一個代表人物，表明各自的特色	求優型	成功經驗 / 學習成績
		好強型	平等交流，還能共同進步
		好吃型	沾點光，飽飽「口福」
		隨便型	因為排座位影響友誼

結尾	第 6 段：總結全文，提出願望	希望老師能聽取大家的意見，滿足大家的願望

12. 再見，「瞌睡蟲」！

寫作手法

第2段：明喻　　　第3段：明喻/動作描寫　　　第4段：明喻

導讀問題

1　老師先跟同學開玩笑，說他們臉上有「瞌睡蟲」，然後讓同學擦擦臉，回復精神上課。

2　作者按老師的指示擦去面上的「瞌睡蟲」，做出不同的動作，引發同學哈哈大笑，回復精神。

3　同學沒精打采的表情是略寫，擦面的情景是詳寫。詳略擦面情景，營造了愉快的氣氛，也交代了同學變得精神勃發的原因。

思維導圖

開始	第 1 段：開篇設下懸念，引起讀者興趣	
中間	第 2-3 段：指出同學臉上有「瞌睡蟲」，舉例寫大家「除蟲」的樣子，展開文章情節	三個例子 /「除蟲」的情景
結尾	第 4-5 段：交代結果，展現同學煥然一新的精神面貌	

13. 登山遊記

寫作手法

第2段：明喻/誇張/對比/步移法　　　　　　　　第3段：明喻/步移法

第4段：襯托　　　第5段：排比　　　　　　　　第6段：步移法

導讀問題

1　鳳凰山遊人如織，入口擠得水泄不通，作者要費九牛二虎之力能走到鳳凰山的中門前，可見氣氛相當熱鬧。

2　以峨嵋的秀美、華山的險峻、泰山的挺拔來襯托鳳凰山樸素無華的風格。

思維導圖

開始	第 1 段：交代遊記的人物、時間、地點	
中間	第 2-6 段：用時間順序順序記述登鳳凰山的經過	山中的自然氣息與繁華都市的區別
		鳳凰山的樸實無華
		元積的政績及詩作
		美味佳餚 / 新鮮空氣
結尾	第 7 段：簡單作結，表達盡興而歸的滿足之情	

14. 悼果子貍

寫作手法

第2段：擬人　　　　　　　　　　第3段：諷刺/擬人/誇張

第4段：擬人/反問　　　　　　　　第5段：設問/反問/擬人

導讀問題

1　人類。人口急劇增長與人類的「吃文化」，令果子貍的生命受嚴重的威脅。

2　因為果子貍從沒有主動接觸人類，卻因被當作SARS源頭而遭捕殺。

3　人類破壞環境，生命物種逐漸消失；但當物體滅絕，人類也不能倖免於難。

　　我同意大象的觀點，因為地球上的生物鏈是環環相扣，互相影響的。

思維導圖

開始	第 1 段：以悼念詞形式開篇，點出描寫對象	

中間	第 2-5 段：詳述「悼念」的內容，表達果子貍是無辜的	冤枉	餐桌美味
			沙士源頭
		整個人類	不能倖免於難
結尾	第 6 段：再次表達悼念之意，結束文章		

15. 改寫《負荊請罪》

寫作手法

第1段：設問

第3段：心理描寫/語言描寫

第2段：語言描寫

第9段：引用

導讀問題

1 同意，因為他在首段道明自己不去請罪，良心上是過意不去的。而且他到藺相如家後，屈膝跪地請求藺相如原諒，態度相當誠懇。

2 意思是度量狹小，未能顧全大局。

3 廉頗：勇於認錯，積極補救過去所犯的錯誤/好勝心強，小氣，愛爭名逐利。

　藺相如：襟懷寬廣，常以大局為重，雖然廉頗曾揚言要羞辱他，但他也不介懷。

思維導圖

開始	第 1 段：描述廉頗請罪前的矛盾心理，引起下文	
中間	第 2-10 段：通過對話描寫廉頗負荊請罪的整個過程	小肚雞腸 / 國家利益
		爭名逐利，嫉賢妒能 / 內訌
		荊條
結尾	第 11 段：交代故事結局，結束文章	

16. 大將軍的現代之旅

寫作手法

第1段：借喻/誇張　　　　　　第2段：神態描寫/動作描寫

第3段：心理描寫/語言描寫　　　第5段：明喻

第6段：層遞

導讀問題

1　不容易，因為古今文化、科技的差異很大，花木蘭甚麼也不曉得。

2　文章中的花木蘭率真可愛、善良勇敢、好奇心強及衝動魯莽。她要為電視裏的人與「我」格鬥，可見她勇敢善良；她看到飯館外的煤氣罐，便快步走上前去查詢究竟，可見她率真可愛、好奇心強；她要拿去煤氣罐當炮彈摔，可見她稍為衝動魯莽。

3　文章描寫人物時，運用了動作、語言、神態及心理描寫的手法。例如作者描寫花木蘭看到電視裏的人，便猛地向後退了一步，做出要格鬥的架勢，怒目圓睜地要「我」釋放他們，運用了動作、語言、神態的描寫手法。

思維導圖

開始	第 1 段：直接交代人物出場	竟然看見了花木蘭
中間	第 2-5 段：以時間順序展開情節，寫出我給花木蘭當一天導遊的經歷	要拿煤氣罐當炮彈摔
		「我」帶花木蘭逛街
		看見電燈以為是妖術
結尾	第 6 段：表達為古人當現代導遊的感想	

17. 與倉頡老人對話

寫作手法

第1段：倒敘　　　　　　　　第2段：神態描寫

第3段：神態描寫　　　　　　第5段：神態描寫

導讀問題

1　漢字可紀錄語言，方便人們交流。

2　因為他的目的是請倉頡老人能幫助自己寫字走捷徑，所以感到不好意思。

3　倉頡老人的一席話令作者得到啟發，明白做學問一定要堅持，不能怕苦怕累。

思維導圖

開始	第 1 段：以倒敍手法引出下文		
中間	第 2-6 段：通過對話的形式，記敍我與倉頡老人交流的過程	「造字」的原因	記錄語言
		簡化漢字 / 提升寫作業的速度	寫字速度 / 簡化漢字
			不能怕苦怕累，要懂得堅持、積累
結尾	第 7 段：含蓄表達「我」在夢醒後的感受 / 啟發		

18. 魯迅自傳

導讀問題

1　不太順利，他父親離開後，家境變得清貧；工作中曾被追殺及撤職，要多次逃亡。

2　作者評論別人，容易惹起別人的反感，令人不喜歡他，所以他說敵人多起來。

思維導圖

開始	第 1 段：套用自傳格式，介紹自己及家庭背景	
中間	第 2-4 段：用尖銳、冷峻、邏輯性極強的語言介紹自己生平經歷	求學 / 學醫 / 文學
		教師
		教師 / 譯作
結尾	第 5 段：用簡潔的言語介紹自己的作品	

19. 小松鼠上學

寫作手法

第3段：語言描寫　　　　　　　　第4段：明喻

第5段：誇張/明喻

導讀問題

1　駱駝。

2　駱駝的脖子長，能看見更遠的地方，能辨別方向，不易在沙漠中迷路；

　　駱駝的腳板很厚，不易陷進沙中或被熱沙灼傷，能堅持長時間行走；

　　駱駝能找到並儲藏水源，連續很長時間不吃不喝，能保持豐沛的體力。

3　謙虛善良；樂於助人。

思維導圖

開始	第 1 段：寫出駱駝答應送小松鼠過沙漠上學，引起下文		
中間	第 2-6 段：通過三個場景的描述，寫出駱駝能適應沙漠生活的祕密	小松鼠看見沙漠風景無差別	可望遠，辨別方向
		小松鼠被熱沙燙痛	不易被灼傷
		小松鼠口渴	故可長時間不吃不喝
結尾	第 7 段：交代結果，小松鼠表達感激之情		

20. 猴子撈月──白忙活一場

寫作手法

第1段：反襯/烘托　　　　　　　第3段：擬人/借喻/神態描寫

第4段：誇張/明喻　　　　　　　第5段：神態描寫

導讀問題

1 身手敏捷，有膽色，縱身一躍便到達了水簾洞，其他猴子望塵莫及；
  聰明，分析力強，一聽便明白寶貝其實是月亮的倒影。

2 好奇、佩服、疑惑、恐懼、嚇得膽顫心驚、兩眼放光、對視了一下、抓耳撓腮、
  煩惱不已、哭笑不得、訕訕地笑

3 是，因為文章有起承轉合四部分，首段交代了故事的背景，第2-4段說明了小猴
  子撈月的前因後果，最後藉美猴王的說話交代故事的結局，結構頗為完整。

思維導圖

開始	第 1 段：寫出駱駝答應送小松鼠過沙漠上學，引起下文	敢跳入水簾洞 / 「美猴王」	
中間	第 2-4 段：交代兩隻小猴子撈月亮的前因後果，展開故事情節	小猴子去井裏挑水以水代酒	
		「水中撈月」	嚇了一跳
結尾	第 5 段：交代事情的結局，表達中心思想，呼應標題	「寶貝」是月亮的倒影，當然撈不上來	

21. 智能鋼筆

寫作手法

第1段：設問   第3段：擬人
第4段：擬人/借喻   第7段：呼告

導讀問題

1 因為這支鋼筆有特殊的功能，能感應錯別字，並向使用者報告及要求更正；又能
  自動播放音樂，有「智能」效果。

2 敵人。

3 自由發揮。

思維導圖

開始	第 1 段：寫出現代鋼筆的不便之處，引起下文	

		外形特點	紅色報警器
中間	第 2-6 段：介紹智能鋼筆的外形特點和神奇功能，**表現強大科技功能**	神奇功能	提示錯誤
			消滅錯別字
			查不認識的字
結尾	第 7 段：概括全文，表達**自己的願望**		

22. 我的童年

寫作手法

第2段：借喻

第3段：明喻/排比

第4段：明喻/擬人

第5段：象聲詞

導讀問題

1　喜歡。因為作者在首段提到每當想起童年，就會細細回味；而末段又表明童年帶來美好的回憶。

2　作者認為農村的景色很美，而且曾在其中渡過了美好童年。文中2-5段描述了農村四季的美景，也交代了作者兒時生活的情況。

思維導圖

開始	第 1 段：總說家鄉的美給「我」留下的深刻印象，**引出下文**	
中間	第 2-5 段：描寫了鄉村一年四季不同的美景，**展現鄉村景致的詩意**	春天 / 一塊彩錦
		盛夏 / 葡萄 / 彩霞
		秋月 / 光彩照人 / 忍不住探頭欣賞
		冬雪 / 寂靜
結尾	第 6 段：文末總結，抒發對鄉村的喜愛	思鄉之情

23. 美麗的鴛鴦江

寫作手法

第1段：明喻/對比　　　　　　　　第2段：明喻

第3段：明喻/象聲詞　　　　　　　第4段：着色詞

第5段：引用

導讀問題

1　凌晨、清晨和夜晚的美景。

2　① 翡翠　　　　　　② 鏡子　　　　　　③ 琉璃

　　④ 星星　　　　　　⑤ 老人　　　　　　⑥ 交響樂曲

3　表達對家鄉的熱愛之情。

思維導圖

開始	第 1 段：交代鴛鴦江名字的由來	一條黃絲帶 / 翡翠 / 琉璃
中間	第 2-4 段：根據時間的變化，描繪鴛鴦江凌晨、清晨及傍晚的美景	凌晨 / 人間仙境 / 星星 / 一位老人
		清晨 / 交響樂曲 / 鏡子
		傍晚
結尾	第 5 段：總結全文，抒發感情	鴛鴦江的美景 / 家鄉

24. 春雨霏霏

寫作手法

第1段：象聲詞/對偶　　　　　　　第2段：明喻/夸張

第3段：排比/擬人　　　　　　　　第4段：多感官描寫

第5段：引用/對偶　　　　　　　　第6段：排比

導讀問題

1　連綿不斷的春雨，潤澤大地，使萬物復蘇，又讓地下的種子汲取充足的水分，急速萌發。

2 體態輕盈像牛毛；綿密如千萬根銀針；連線不斷，可點綴大地。

3 珍惜光陰；抓緊大自然給我們的恩賜。

思維導圖

開始	第 1 段：寫出對春雨的感受，引起下文	
中間	第 2-6 段：寫出春雨的不同特點與作用，營造詩意的氛圍	牛毛 / 銀針
		點綴大地
		滋潤着萬物
結尾	第 7 段：抒發感情，點出中心思想	大好時光，不辜負大自然的恩賜

25. 廣東三娘灣

寫作手法

第2段：明喻/排比/多感官描寫　　　第3段：明喻

第4段：擬人　　　　　　　　　　　第5段：呼告/首尾呼應

導讀問題

1 沙灘、碧海、奇石。

2 他用了比喻、擬人及多感官描寫手法。

3 他在篇首及篇末呼籲大家來欣賞三娘灣的美景。首尾呼應。

思維導圖

開始	第 1 段：號召大家來欣賞三娘灣的美	請你到三娘灣來
中間	第 2-4 段：分別用沙灘、碧海、奇石三種景物展現三娘灣的美，營造詩意的氛圍	沙灘美
		碧海美
		奇石美
結尾	第 5 段：總結全文，照應開頭，呼籲大家來遊覽	請你到三娘灣來

26. 蘇州香雪海

寫作手法

第2段：明喻/暗喻/擬人/排比/對偶

第3段：步移法/着色詞/多感官描寫/排比

第4段：擬人/明喻/疊字

第5段：暗喻/象聲詞

第6段：反問

導讀問題

1　作者是按照行走路線，從遠觀、走近、再放眼四周的順序，描繪了「香雪海」的梅花世界，將梅花不同的色彩面貌呈現。

2　作者描寫蜜蜂，為要突出梅花清香撲鼻，所以令蜜蜂流連；描寫遊人，為要強調大家徜徉在花海中，十分愜意。

思維導圖

開始	第 1 段：直接點題，表明寫作對象	
中間	第 2-4 段：用細膩的筆觸，仔細描繪梅花的美麗形態及人們徜徉在花海中的愜意	遠觀
		近看
		放眼四周
結尾	第 5 段：抒發自己的感情，結束文章	美麗的花海

27. 田園好風光

寫作手法

第2段：明喻/語帶雙關

第3段：擬人/象聲詞/明喻

第4段：語言描寫/細描

第5段：明喻

第6段：對比

導讀問題

1　興奮、心曠神怡、陌生、神清氣爽

2　① 梯田　　② 梯田　　③ 高山薄霧　　④ 金燦燦的陽光

3　農村樸素無華，令人感到悠然自得；城市則五光十色、街道樓房令人眼繚亂，生活節奏急速。

思維導圖

開始	第 1 段：開篇點題，寫去田園遊玩及自己的快樂心情	
中間	第 2-5 段：細膩地寫出自然的美景，抒發對田園風光的喜愛之情	金子般灑落
		玉帶 / 哼着歌
		翡翠
結尾	第 6 段：抒發對這次遊覽的感受	一幅彩色的油畫
		田園與城市的對比

28. 音樂遊戲

寫作手法

第2段：明喻/象聲詞/排比/層遞

第3段：語言描寫/心理描寫

導讀問題

1　因為作者認為自己毫無音樂細胞，爸爸卻要他玩音樂遊戲。

2　因為作者從琵琶及笛聲中，聽出了歡樂的聲音，想像到一個小牧童在牛背上玩耍，牛兒輕快地奔跑起來。

3　因為老爸常常與他玩音樂遊戲，令他不知不覺沉浸在音樂的氛圍中，以音樂作為空暇時的消遣活動。

思維導圖

開始	第 1 段：表明自己不喜歡音樂，爸爸卻非要玩音樂遊戲，引出下文	洩氣、為難	
中間	第 2-4 段：詳寫第一次玩音樂遊戲的步驟，推動情節發展	玩音樂遊戲／奇妙	聽得很入迷
		理解／自信心	
結尾	第 5 段：寫出這次遊戲的影響	喜歡音樂	

29. 和時間賽跑

寫作手法

第2段：直接抒情　　　　　　　　　　第5段：引用

第8段：擬人

導讀問題

1　作者藉個人經歷帶來本文的中心思想：所有在時間裏的事物，過去了，就永遠不會回來。

2　雖然太陽沒有改變，但出現的時間並不相同。這話是指光陰過去了，就不會回頭。

3　因為作者明白到時間過去了就不會回來，所以他與時間賽跑，表示要珍惜時間做有意義的事情。

思維導圖

開始	第 1 段：以自己親身經歷的一件事開頭，吸引讀者	洩氣、為難	
中間	第 2-9 段：通過觀察明白「時間一去不復返」的道理，開始與時間賽跑	太陽落山、鳥兒飛行／時間一去不復返	明天／今天
		太陽／西北風／時間	

結尾	第 10 段：概括這個道理對自己的影響	假若你一直和時間賽跑，你就可以成功

30. 一分鐘

寫作手法

第1段：設問

第2段：象聲詞/明喻/擬人/設問

第3段：動作描寫/心理描寫

第5段：設問

導讀問題

1 不是，因為在不同的情況下，對一分鐘會有不同的體會。

2 等待時一分鐘會顯得很長，但好好利用的時候則顯得太短。

思維導圖

開始	第 1 段：以疑問句 / 設問句開頭，引起大家對「一分鐘」的興趣	
中間	第 2-4 段：通過三個小事例，寫出在不同情境下「我」對「一分鐘」的不同感受	吃「一分鐘」牛肉
		看「一分鐘」電視
結尾	第 5 段：表達從這個實驗中悟出的道理	等待 / 好好利用
		難以捉摸

31. 學品茶

寫作手法

第 2 段：擬人/明喻

第4段：多器官描寫

第 3 段：明喻/擬物

第5段：誇張

導讀問題

1 觀茶姿、聞茶香及品茶醇。作者詳寫了觀茶姿時茶葉在水中的變化。

2 因為品茶要按部就班，按一定的步驟進行；而且茶葉在水中的變化神奇，令人讚歎。

思維導圖

開始	第 1 段：交代了事件的起因和人物	
中間	第 2-5 段：分三步完成了品茶的過程，寫出了自己的觀察體驗	茶葉在水中的變化
		聞茶香 / 清香飄逸的茶香
		品茶醇
結尾	第 6 段：抒發品茶心得	

32.「加油」雙簧記

寫作手法

第2段：語言描寫　　　　　　　　第3段：設問/誇張

第4段：心理描寫/語帶雙關　　　　第5段：語帶雙關

導讀問題

1 靈機一動/大吃一驚/心生一計/煞有介事/目不轉睛/晴空霹靂

2 大姑娘上花轎/丈二和尚

3 哥哥一面看球賽，一面大叫加油，作者卻誤以為哥哥着自己把油放在鍋內。

4 這樣可反映事件的真實性，也可令語言充滿生氣，讓讀者投入在事件中，體會當事人的感受。

思維導圖

開始	第 1 段：簡單交代事情的起因	

			籃球 / 做菜
中間	第 2-5 段：詳寫做菜的經過，表現哥哥的漫不經心與「我」的手忙腳亂	指揮	再放油
			球賽
			匆忙將菜盛出鍋
		「失敗作品」	
結尾	第 6 段：抒發這次體驗的感受		

33. 珍貴的十元錢

寫作手法

第1段：借物抒情　　　　　　第3段：歇後語

第4段：動作描寫　　　　　　第5段：誇張

第6段：動作描寫/心理描寫　　第7段：語言描寫

第9段：首尾呼應

導讀問題

1　因為這是作者「第一次打工」賺回來的報酬，十分難忘。

2　作者第一次洗碗的態度是馬馬虎虎、得過且過；第二次認真多了，不但把碗上的油漬洗清，還逐一仔細檢查。

3　作者想表達他從這次經驗中學習到深刻的道理，就是做事要認真仔細，不能馬馬虎虎。

思維導圖

開始	第 1 段	認真做事，節約用錢	
中間	第 2-8 段：通過回憶第一次打工的經歷，表述自己成長的感悟	做家務 / 不情願地	
		一 / 清洗碗碟	打「退堂鼓」/ 硬着頭皮
			馬馬虎虎 / 不滿意
		二 / 清洗碗碟	先洗後沖
			認真做事

結尾	第 9 段：抒發感情，首尾呼應	

34. 一個微笑，肯定自己

寫作手法

第1段：情景交融　　　　　　　第3段：心理描寫

第4段：心理描寫/設問　　　　　第5段：心理描寫

第6段：誇張　　　　　　　　　第8段：呼告

導讀問題

1　作者的期中考試成績不理想，他心情沉重，淚流滿面。

2　因為作者在挫折中得到張老師的肯定，張老師在全班同學面前稱讚他，令他重拾自信。

思維導圖

開始	第 1 段：交代「我」在期中考試後的心理狀況		
中間	第 2-6 段：詳寫老師如何幫助「我」恢復了自信，表達了微笑對自己有巨大的影響力	「誇誇自己」/ 沒有興趣	
		發言	很多優點 / 微笑 / 自信
結尾	第 7-8 段：交代結果，提出文章的中心思想	別為失意否定自己，多想想自己的優點	

35. 聽，生活中的音樂

寫作手法

第3段：明喻/排比/擬人/反正　　　第5段：象聲詞

第6段：排比

導讀問題

1 笛子、鋼琴及吉他

2 歡快活潑、優美纏綿、澎湃激昂

3 一方面說明無論是中學生還是長輩，都喜歡音樂；一方面說明在生活中可隨時隨地發現音樂。

思維導圖

開始	第 1 段：交代「我」關注身邊音樂的原因		
中間	第 2-5 段：從學校和住所兩處入手，寫出「我」感受到的身邊的音樂	優美、激昂	歡快活潑像小鳥 / 小豆在鼓上歡蹦亂跳
			優美纏綿像江南的美景
			澎湃激昂
		鄰居家的音樂	忍不住隨音樂哼唱
結尾	第 6 段：總結歸納，抒發感悟	「我們愛音樂」	

36. 皇帝的新裝（節選）

寫作手法

第1段：誇張

第5段：心理描寫

第11段：心理描寫/設問/反復

第3段：心理描寫

第7段：誇張

導讀問題

1 因為騙子說他們織的布，愚蠢的和不稱職的人看不到，國王希望藉此知道誰是愚蠢和不稱職的人，所以給騙子大量現款。

2 因為他不自信，害怕發現自己看不到他們織的布，於是先派人去看。

3 因為他不想讓人知道自己愚蠢或不稱職，所以說布美極了。

學生自由發揮。

思維導圖

開始	第 1 段：交代故事的時間、人物及起因	
中間	第 2-12 段：發揮想像，寫出故事的開端與經過	愚蠢的人和不稱職的人看不到的布
		付現款
		忙碌工作 / 不自信 / 派誠實的老部長去看
		甚麼都看不到
結尾	第 13 段：敍述事件的結果	非常滿意 / 自欺欺人

37. 難忘的同學情

寫作手法

第1段：肖像描寫/明喻　　　　　　第2段：語言描寫

第4段：暗喻/排比/首尾呼應

導讀問題

1　袁雅琴仁慈、友善、脾氣好、體諒、對人十分寬容。

2　作者為人比較急躁、沒有耐性及容易發怒，與袁雅琴寬容的性格形成對比。

3　朋友是琴、茶、筆、歌，是一輩子的情。

思維導圖

開始	第 1 段：交代寫作對象，概括人物特徵	荷花 / 寶石 / 泉水	
中間	第 2-3 段：通過兩件事例，展現同學之間互相幫助的情誼	寬容的可貴	不耐煩 / 細心講解
			寬容的重要性 / 寬以待人
		不放在心上 / 安慰「我」	
結尾	第 4 段：抒發對友誼的看法	琴 / 茶 / 筆 / 歌 / 一輩子的情	

38. 器官爭功

寫作手法

第1段：動作描寫　　　　　　　　第2段：語言描寫

第7段：排比　　　　　　　　　　第8段：排比

導讀問題

1　它們爭做老大。

2　大腦。大腦先要求各器官自己獨立完成所有的事情，讓它們認識個人與集體的關係，從而團結友愛。

3　本文是通話對話，器官之間互相辯駁的方式來交代情節的發展。

思維導圖

開始	第 1 段：交代故事主人公，引出下文		
中間	第 2-8 段：通過各個器官各自的爭吵，交代了「器官爭功」的詳細經過	過程 /「各自的不可替代性」	收聽聲音
			吃飽
			看世界、觀察生活
			供養大家呼吸
			拿東西、為大家按摩
		大腦	個人與集體的關係
結尾	第 9 段：交代故事的結局及感悟	自己的過錯 / 團結友愛	

39. 給獵人的一封信

寫作手法

第1段：設問　　　　　　　　　　第2段：對比/對偶

第3段：擬人　　　　　　　　　　第5段：擬人/明喻

第6段：呼告

導讀問題

1 他認為獵人不尊重生命、殘害斑羚，所以藉信件表達譴責和警示。

2 砍伐森林、捕殺黑猩猩、宰割野生動物、向猴子扔石子。

3 平等對待動物，維護生態平衡，等於維護人類的長遠利益和根本利益；相反的話會受到大自然的懲罰。

思維導圖

開始	第 1 段：書信的標準格式，表明對不尊重生命行為的譴責	殘害 / 良心	
中間	第 2-5 段：表達自己感悟到人類常因個人利益而不尊重動植物的生命	平等的	
		自己	病毒引到自己身上
			利益
		心痛	
結尾	第 6-7 段：信件格式結尾，發出警示	平等相處 / 大自然無情的懲罰	

40. 給春天的一封信

寫作手法

第1段：直接抒情

第2段：擬人/引用/借喻（青絲）

第3段：誇張/比喻/擬人

第4段：誇張/明喻/擬人/引用

第5段：對偶/擬人

第6段：對偶/排比

第7段：擬人/排比

導讀問題

1 四方面：白雲間、青山裏、海上、我們心裏。

2 因為春天帶給萬物生命，帶給人們希望。

3 言簡意賅，增加說服力，亦令文章更含蓄、更富詩意。

思維導圖

開始	第 1 段：信件的標準格式，表達對春天的喜愛之情	
中間	第 2-7 段：從四個方面描繪出春天與我們同在，美化了我們的生活	白雲間 / 生命的陽光終日燦爛
		青山裏 / 青山顯得俊秀 / 文人騷客大發詩興
		海上 / 大海更加遼闊
		我們心裏 / 我們懂得等待一切回復生機
結尾	第 8 段：信件結尾，抒發感情	